교실에서 바로 쓰는

원격 수업
만능 틀

구글 클래스룸과 줌, 영상편집, 스마트폰으로
온라인 수업 쉽게 배우기

교실에서 바로 쓰는
원격 수업 만능 틀

박경인, 배준호, 정다운

박찬규   윤가희   북누리   Arowa & Arowana

위키북스   031-955-3658, 3659   031-955-3660

경기도 파주시 문발로 115, 311호(파주출판도시, 세종출판벤처타운)

18,000   300   175 x 235mm

2021년 02월 18일

979-11-5839-243-7 (13000)

제406-2006-000036호   2006년 05월 19일

wikibook.co.kr   wikibook@wikibook.co.kr

교실에서 바로 쓰는

원격 수업 만능 틀

박경인, 배준호, 정다운 지음

구글 클래스룸과 줌,

영상편집, 스마트폰으로

온라인 수업 쉽게 준비하기

위키북스

박경인

저는 선생님들이 '원격 수업'을 잘할 수 있게 지원하는 일을 하고 있습니다. 그동안 역량 강화 연수를 직접 기획하기도 했고 여건이 될 때 학교 현장, 교육지원청으로 직접 찾아가 연수를 했습니다. 원격수업을 위한 유튜브 영상 콘텐츠를 제작했고, 실시간 쌍방향 연수로 많은 선생님을 만났습니다. 이 책은 그 강의 내용을 토대로 만들어진 일종의 가이드북입니다.

2020년은 원격수업의 원년입니다. 막연하게 느껴지던 미래의 교육이 당장 수행해야 할 현재가 됐습니다. 처음 배워보는 원격수업 도구에 적응해야 했고 여러 문제 상황들 속에서 해결책을 탐색하며 숨 가쁜 한 해를 보냈습니다.

잠시 숨을 돌리고 걸어왔던 길을 돌아봅니다. 지나온 흔적들이 새로운 환경에 적응하기 위한 과정이었다면 앞으로의 길은 미리 준비하며 함께 걸어가야 합니다.

'빨리 가려면 혼자 가고 멀리 가려면 함께 가라'는 아프리카 속담처럼 이 책이 선생님과 함께하는 책이 되면 좋겠습니다.

현직 초등교사입니다. 원격교육 관련 콘텐츠를 제작하며 선생님들의 역량 강화를 지원하는 일을 하고 있습니다. 주요 저서로는 〈시작하세요! Final Cut Pro X 10.4〉, 〈시작하세요! Motion 5〉, 〈디지털 학급운영 콘텐츠〉 등이 있습니다. 블로그와 페이스북, 유튜브에서 '빠르크의 3분 강좌' 채널을 통해 영상 제작 방법 및 템플릿을 나누고 있습니다.

배준호

2020년, 코로나 19라는 국가적인 재난으로 선생님들은 엄청난 혼란과 변화를 겪었습니다. 그런 상황 속에서 온라인 수업을 위해 직접 사비를 들이는 선생님, 온라인 수업을 위해 학교 인프라를 구축하려고 노력하시는 선생님, 학생들에게 조금이라도 도움이 될 수 있게 온라인 수업 관련 연수를 찾아 수강하시는 선생님 등 선생님들의 노력과 희생으로 혼란을 극복하려는 모습을 볼 수 있었습니다. 이 책은 선생님들이 온라인 수업에서 겪는 혼란을 극복하는 데 도움을 드리고자 집필한 책입니다.

이 책은 온라인 수업에서 블렌디드 러닝으로 넘어가는 단계에서 선생님들에게 가장 필요한 핵심적인 내용으로만 구성했습니다. 이 책으로 단순히 쌍방향 온라인 수업을 넘어 블렌디드 수업으로 한 단계 나아가는 데 도움이 될 것입니다.

전문가들은 코로나 19가 소멸하지 않을 것이고 우리와 평생 함께할 것이라고 합니다. 그러므로 우리 학교의 모습은 코로나 19 이전의 학교 모습으로 돌아가지 않을 것입니다. 그리고 코로나 19는 한국 교육사에서 가장 큰 터닝포인트가 될 것입니다. 따라서 이 책이 새롭게 변화하는 우리 학교 현장 속에서 선생님의 지침서가 됐으면 합니다.

현직 초등교사입니다. 전문적 학습 공동체인 참쌤스쿨에서 초등비주얼씽킹연구회 공동대표로 활동하고 있습니다. 충남 1급 정교사 자격 연수와 창의재단 온라인 수업 관련 연수 강사로 선생님들의 역량 강화를 위해 출강하고 있습니다. 충청남도 정보교육지원단 그리고 e학습터 교사지원단으로 정보교육 및 온라인 수업 분야에서 선생님들을 지원하고 있습니다.

정다운

갑자기 찾아온 코로나 19로 무너져버린 교실에는 미래 교육의 물결이 들이닥치기 시작했습니다. 거절할 수도, 거스를 수도 없었습니다. 아날로그 수업의 달인이던 우리 부장님도 화상 캠과 마이크를 붙잡고 Zoom에서 '화면 공유'와 씨름하게 되었습니다.

하루가 멀다 하고 바뀌는 학사 일정과 운영 계획, 그리고 감염병 처리 업무와 방역 등으로 학교는 더욱 바빠졌습니다. 아이들이 없어 적막한 교실이었지만, 교사들은 새로운 시대에 적응하느라 교실에서 홀로 치열하게 분투했고 신경 쓸 것도 점점 더 많아졌습니다. 선생님이 바빠질수록 수업과 교육은 선생님에게서 더욱 멀어져만 갔습니다.

제가 꿈꿨던 미래 교육은 이런 모습은 아니었습니다. 선생님이 수업과 교육에 오롯이 집중할 수 있는 세상이 오기를 바랐는데, 오히려 더 정신없이 살게 되었습니다. 몸과 마음은 바빠졌지만 결과는 예전만 못합니다. 학생 관리와 평가도 힘들고 수업 전달도 잘 되지 않는 것 같습니다. 아이들이 등교하던 때처럼 학급 운영을 하고 싶은데, 새로 배우고 알아야 할 것이 너무 많습니다.

선생님이 수업에 전념할 수 있는 미래 교육이 이루어지기를 바라며 글을 쓰고 그림을 그렸습니다. 이 책으로 새로운 시대에 적응해야 하는 선생님들이 부담을 덜고, 수업에만 집중할 수 있게 되기를 바랍니다. 또 무수한 원격 수업 방법과 도구 사이에서 헤매는 시간을 절약하기를 바랍니다. 선생님은 내용만 준비하세요, 전달력 좋은 온라인 수업을 쉽게 운영할 수 있게 도와드리겠습니다.

온라인 수업은 기존의 교실 수업을 원격으로 재현하는 것이 아님을 책을 통해 깨달을 것입니다. 온라인으로 운영할 때 더욱 효과적인 영역이 있음을 직접 체득하기 바랍니다. 그리고 훗날 코로나 19가 종식되어 모두 등교할 때 온/오프라인을 섞은 '블렌디드' 수업을 운영하는 미래 교육 전문가가 되기를 기원합니다.

현직 초등교사로, 필명은 '해시브라운'입니다. 다양한 분야에 관심이 많아 늘 도전하고 배우며 강의를 통해 필요한 분들에게 경험한 것을 나눕니다. 〈EBS 탐구생활〉, 〈천재교육 미술 레시피〉, 〈동아출판 초능력 과학〉, 〈국정교과서 안전한 생활〉 등을 쓰고 그렸습니다. 웹툰, 애니메이션, 게임 등 다양한 콘텐츠를 제작 및 연재하고 있습니다.

조기성

갑자기 찾아온 온라인 수업. 당황하지 않고 좀 더 세련되게 수업할 수 없을까? 전문가처럼 멋진 동영상을 만들기 위해서는 어떤 장비를 구입할까 고민하셨다면, 고가의 장비와 프로그램이 아닌 내 손안에 있는 휴대폰을 이용해 동영상을 프로처럼 촬영해 편집할 수 있는 노하우가 담긴 좋은 책입니다. 많은 온라인 도구들이 있지만 쉽고 편하면서 접근성이 좋은 도구에 관해 소개돼 있으니 나만의 온라인 수업을 만들고 싶다면 꼭 읽고 따라 해보세요. 온라인 수업뿐 아니라 학생과의 소통까지 업그레이드됩니다.

계성초등학교 교사, 스마트교육학회 회장

김차명

코로나 19로 인한 온라인 수업은 우리 교육의 민낯을 드러냈습니다. 1년에 한두 번 볼 수 있었던 선생님의 수업은 상시 공개수업이 됐고, 가정의 환경과 지원 여건에 따라 학생들의 학습격차도 심화됐습니다. 선생님들은 무엇을 할 수 있을까요?

코로나 19 전부터 온라인 수업과 교육 콘텐츠를 정말 오랫동안 고민하고 현장에서 적용해온 저자들이 구글 클래스룸과 줌, 영상 콘텐츠와 스마트폰만으로도 교실에서 바로 손쉽게 온라인 수업을 준비할 수 있는 노하우와 사례를 이 책에 가득 담았습니다. 마음을 담아 추천합니다.

경기도교육청 미디어 담당 장학사, 참쌤스쿨 대표, (사)경기교육연구소장

박상순

변화하는 교육의 바다를 항해하는 우리는 이제 어디로 나아갈 것인가! 온라인 수업이라는 새로운 도전 앞에서 우리는 어떻게 대처해야 하는가? 새로운 기술과 고전적 수업의 경계를 넘나들며 원격 교육의 방법을 쉽고 재미있게 써 내려간 비법서가 우리 눈 앞에 펼쳐진다!

홍광초등학교 교사, 충북바로학교 개발진, SW교사 연구회 코알라

04장 스마트폰으로 누워서 동영상 뚝딱 만들기

01장

'세교사'의
'새학기' 고민

" 세 교사의 새학기 고민 "

본격적으로 온라인 수업을 구성해야하는 중견교사 부장. 동료쌤들은 모두 고경력 선배님들. 그분들을 다독이며 어떻게 이끌어가지?

<나부장>

작은학교에 배정된 열정가득 신규교사. 온라인은 배운적도 없고 도움받을곳도 없다. 내가 잘 하는 틱톡으로 수업을 꾸며야하나?

<최신규>

SW교육만큼은 내가 우리학교 최고. 하지만 프로그램을 너무 많이 알아도 문제. 이 프로그램 저 프로그램 바꿔가려니 나도 귀찮고 애들은 헷갈려한다. 어떻게 간소화하지?

<박정보>

우리가 온라인 수업에 잘 대비할 수 있을까?

그럼요, 이 책만 잘 따라하세요!

새 학기가 시작되는 전날 밤은 늘 마음이 들떠 잠이 오지 않습니다. 새로운 학생들과의 만남이 긴장되는 탓도 있고 이번 학기에는 좀 더 새로운 활동을 해볼 생각에 기대감과 설렘이 있습니다. 작년에는 조금 서툴렀던 부분도 올해는 변형해서 완성도를 높여 수업해볼 생각입니다. 내일 아이들을 만날 때 '어떤 표정을 지을까?', '어떤 옷을 입을까?', '무슨 말부터 꺼내야 할까?', '아이들은 무엇을 궁금해할까?' 등 여러 생각이 교차하기도 합니다. 늘 힘든 1년을 보냈지만, 이상하게도 새 학기 전날 밤에는 알 수 없는 묘한 설렘이 새로운 시작을 기대하게 합니다.

2020년을 돌아보면 새 학기 전날 밤 느꼈던 설렘 대신 막연한 기다림과 분주함이 있었습니다. 처음에는 '금방 이 상황이 끝나겠지'라고 생각했지만, 2주 그리고 다시 또 2주, 이렇게 개학이 연기되고 결국 온라인 개학을 통해 학사일정을 시작했습니다. 온라인 개학 전 교육부에서는 '원격 수업 운영 기준안'을 통해 교육 현장에 원격 수업 지침을 안내했습니다.

구분	운영 형태	수업 도구 예시
실시간 쌍방향 수업	**실시간 원격교육 플랫폼을 활용**하여 교사·학생 간 화상 수업을 실시하며, **실시간 토론 및 소통 등 즉각적 피드백**	네이버 라인 웍스, 구루미, 구글 행아웃, MS 팀즈, ZOOM, 시스코 Webex 등 활용
콘텐츠 활용 중심 수업	(강의형) 학생은 지정된 **녹화 강의 혹은 학습 콘텐츠를 시청**하고, 교사는 학습 내용 확인 및 피드백 (강의+활동형) 학습 콘텐츠 시청 후 댓글 등 원격 토론	EBS 강좌, 교사 자체 제작 자료 등
과제 수행 중심 수업	교사가 온라인으로 **교과별 성취기준에 따라** 학생의 자기 주도적 학습 내용을 맥락적으로 확인할 수 있는 **과제 제시 및 피드백**	과제 제시 → 독서 감상문, 학습지, 학습 자료 등 학생 활동 수행 → 학습 결과 제출 → 교사 확인 및 피드백
기타	교육청 및 학교 여건에 따라 별도로 정할 수 있음	

온라인 개학 초기에는 많은 시행착오가 있었습니다. 'e학습터', 'EBS 온라인 클래스' 등 주요 온라인 교육 플랫폼 사이트에 많은 사용자가 단시간에 몰리면서 접속이 마비되는

사태가 있었습니다. 익숙하지 않은 플랫폼과 기기 사용 미숙으로 혼란을 겪기도 했습니다. 이런 혼란과 시행착오를 극복하는 데 가장 큰 힘을 발휘한 것은 '집단지성'이었습니다. 기기 사용이 익숙한 일부 선생님들을 중심으로 온라인 플랫폼 사용 방법 및 학습 사례를 공유하고 이를 통해 초기 온라인 학습의 부족한 점들을 보완했습니다. 접속 마비 같은 어려움도 관계 부처에서 예산 투입과 긴급 점검을 통한 서버 확충 등의 조치를 취했습니다. 단시간 내에 온라인으로 수업이 가능한 기반 시설을 구축한 것으로 세계에서 전례를 찾기 어려운 기적적인 일입니다.

이 책에 나오는 '나부장', '박정보', '최신규' 선생님은 가상의 인물이지만, 실제 학교 교육 현장에서 근무하는 선생님들이 공감할 만한 인물들입니다.

부장 교사인 '나부장' 선생님은 비교적 젊은 나이지만, 교육 경력으로는 두 자리수가 넘은 학교 현장에서 어떻게 수업하고 일을 추진해야 하는지에 대한 경험이 풍부한 선생님입니다. 하지만 새로운 온라인 수업 환경에서는 다양한 연령대로 구성된 학년을 어떻게 끌어가야 할지가 고민입니다. 새로운 기기나 학습 플랫폼에 익숙한 선생님도 있지만, 기기 사용이 다소 서툰 선생님도 있기 때문입니다. 이런 분들이 함께 사용할 수 있는 온라인 수업 플랫폼과 툴을 제시해야 합니다.

학교에서 정보 관련 업무를 담당하고 있는 '박정보' 선생님은 각종 최신 기기와 새로운 도구를 배울 때 조금만 만져보면 사용 방법을 금방 익힙니다. 관심이 있다 보니 관련 교구와 정보도 상당히 많이 알고 있습니다. 문제는 너무 많은 것을 알고 있다 보니 받아들이는 입장에서는 다소 부담을 느낄 수 있다는 것입니다. 이 프로그램 저 프로그램을 바꿔가며 사용해 보니 프로그램이 제공하는 여러 기능이 편리하기는 하지만, 가끔 귀찮기도 하고 학생들이 잘 따라오는지도 의구심이 들 때가 있습니다. 어떻게 하면 온라인 수업에 필요한 프로그램만 간소화할 수 있을지 고민입니다.

열정이 가득한 신규교사 '최신규' 선생님은 스마트폰에 매우 익숙합니다. 유튜브 등에 올리기 위해 스마트폰으로 촬영한 브이로그 영상 편집도 곧잘 하고 틱톡에 올린 짧은 영상이 좋은 반응을 얻어 팔로워 수도 꽤 많습니다. 하지만 온라인 수업 환경 역시 신규 선생님에게는 새로운 환경입니다. 온라인 수업에 대해 배운 적도 없고 도움받을 곳도 없는 상태입니다. 틱톡을 온라인 수업에 활용하자니 과연 이것이 교육적으로 의미가 있는지 고민스럽습니다.

이 책은 그런 고민에서 시작된 책입니다. 실제 학교에서 온라인 수업을 진행하고 현장에서 교사, 학생, 학부모들과 함께 경험한 초등학교 선생님 3명이 학교 현장뿐만 아니라 온라인 교육 현장에 꼭 필요한 도구들과 사례 중심으로 내용을 선정했습니다. 쌍방향 화상 수업 도구의 중심으로 자리 잡은 '줌(Zoom)', 전 세계 약 1,400만 명이 사용한다는 글로벌 LMS(Learning Management System) 툴 '구글 클래스룸(Google Classroom)'을 메인 툴로 삼았습니다. 그리고 수업용 콘텐츠 제작을 PC와 스마트폰으로 할 수 있게 각 디바이스에서 필요한 도구, 프로그램과 방법 위주로 내용을 구성했습니다. 이 책을 통해 여러분은 어렵지 않게 동영상 수업 콘텐츠를 제작하고 간단한 클릭만으로 멋진 썸네일도 만들 수 있습니다. 무엇보다 선생님들이 새 학기 전날 밤의 그 설렘을 다시금 느끼는 모습을 상상해보며 이 책을 시작하려 합니다.

02장

온라인 수업 관리를 하나로, 구글 클래스룸

" 클래스룸 하나로
온라인 학급 다 된다. "

구글 클래스룸(Classroom)은 구글에서 개발한 무료 웹서비스로 학교 수업을 지원하기 위한 용도로 사용됩니다. 전 세계 약 4천만 명의 교사와 학생들이 사용하는 만큼 널리 알려져 있고 기능이 단순하여 사용하기 쉽습니다.

그림 2-1 구글 클래스룸(Classroom)

선생님은 클래스룸을 이용해서 학생들에게 쉽게 수업 자료를 배포할 수 있으며 학생마다 과제를 부여할 수 있습니다. 학생은 자신의 계정으로 클래스룸에 들어가면 선생님이 올려준 수업 자료를 쉽게 확인할 수 있고 자신의 PC나 스마트폰을 이용해 과제를 해결하고 바로 제출할 수 있습니다. 굳이 과제를 제출하기 위해 학교에 가지 않더라도 자신의 집에서 바로 제출할 수 있기 때문에 온라인 수업 상황에서 더 유용하게 사용할 수 있습니다. 선생님은 학생이 제출한 과제를 기준표에 따라 채점할 수 있으며 댓글을 통해 피드백을 남길 수 있습니다. 또한 모든 기록은 자동으로 구글 드라이브 클라우드에 저장되기 때문에 교사와 학생 모두 포트폴리오를 쉽게 구성할 수 있습니다.

표 2-1 구글 클래스룸으로 할 수 있는 일

역할	구글 클래스룸을 이용해 할 수 있는 일
교사	· 수업 자료와 과제를 쉽게 만들 수 있으며 관리할 수 있습니다. · 직접 실시간 피드백을 제공하고 채점할 수 있습니다.

역할	구글 클래스룸을 이용해 할 수 있는 일
학생	수업 과제와 자료를 확인할 수 있습니다.
	참고자료를 클래스룸 내에서 공유하고 상호작용할 수 있습니다.
	과제를 작성하여 제출할 수 있습니다.
	선생님으로부터 피드백 및 성적을 받을 수 있습니다.
보호자	학생 과제물의 이메일 요약을 받을 수 있습니다. 이메일 요약에는 학생이 하지 않은 과제물, 마감 기한이 임박한 과제물, 학생의 수업 활동 등의 정보가 들어 있습니다.

2-1 클래스룸 첫 시작: 수업 만들기와 학생 초대하기

클래스룸에서 가장 먼저 해야 할 것은 수업을 만들고 학생을 초대하는 일입니다. 외국에서 사용하는 용어를 바로 번역해서 그런지 바로 와닿지는 않습니다. 예를 들면 클래스룸에서는 '클래스'라는 단어를 직역해 '수업'으로 사용하는데, '학급'이라고 하면 좀 더 이해하기가 쉽습니다. 이 장에서는 용어를 표기할 때 구글 클래스룸 사이트에서 제공하는 단어 그대로 사용하되, 그 뜻을 풀어서 알려드리고자 합니다. 지금부터 차근차근 시작해 보겠습니다.

클래스룸 사용을 위해 필요한 것

구글 클래스룸은 무료입니다. 웹을 기반으로 작동하기 때문에 윈도우와 macOS 등의 OS 제약을 받지 않습니다. 그래서 가지고 있는 PC와 스마트폰에서도 이용할 수 있습니다. PC로 클래스룸을 이용하고자 한다면 최신 웹브라우저를 이용해 클래스룸을 이용하기 바랍니다. 추천하는 브라우저로는 구글 크롬 브라우저, 애플 사파리, 파이어폭스, 네이버 웨일, 마이크로소프트 엣지 브라우저가 있습니다.

| 구글 크롬 | 애플 사파리 | 파이어폭스 | 네이버 웨일 | 엣지 |

그림 2-2 추천 최신 웹 브라우저

스마트폰의 경우 전용 애플리케이션을 설치할 수 있습니다. 플레이스토어(안드로이드 계열의 스마트폰)와 앱스토어(iOS 아이폰, 아이패드)에서 각각 클래스룸을 검색하여 무료로 다운로드받을 수 있습니다.

그림 2-3 클래스룸 모바일 전용 애플리케이션 다운로드

클래스룸을 이용하려면 구글 계정이 필요합니다. 구글 계정의 경우 2가지 종류가 있습니다.

1. 개인용 구글 계정
2. 교육용 지스위트 계정

개인용 구글 계정은 사용자가 직접 만드는 계정입니다. 만 14세 이상이면 누구나 만들 수 있는 구글 계정으로 도메인 '@gmail.com'을 포함합니다. 본인의 구글 계정이 마지막에 '@gmail.com'으로 끝난다면 일반 계정이라고 보면 됩니다.

교육용 지스위트(G Suite for Education) 계정은 교육용 지스위트 서비스를 이용하는 학교에서 발급해준 계정입니다. 교육용 계정이기 때문에 인증을 받은 학교 홈페이지 주소가 계정 안에 포함됩니다. 'student_01@wikischool.ms.kr'과 같은 형식의 계정이 될 수 있습니다.

일반적으로 교육 센터나 홈스쿨링 등 학교 외부 환경에서 구글 클래스룸을 사용할 때 개인 구글 계정을 이용합니다. 개인 구글 계정이어도 클래스룸으로 수업을 만들 수 있고 수업에 참여할 수 있습니다. 만 14세 이상의 학생이 개인 구글 계정을 생성하여 클래스룸에 수업을 생성할 수 있습니다. 다만 개인 계정은 일부 기능에 제한이 있을 수 있습니다. 반면 교육용 지스위트 계정은 클래스룸의 모든 기능을 이용할 수 있다는 점에서 개인용 계정과 차이가 있습니다.

개인 계정의 제한적 기능

학생 계정이 부모님이 관리하는 계정일 경우 클래스룸 수업을 만들 수 없습니다.

학생 계정이 개인 계정일 경우 다른 학생에게 이메일을 보낼 수 없습니다.

교사가 개인 계정을 사용할 경우 학부모에게 이메일 요약을 보낼 수 없습니다.

구글 클래스룸에서 수업 만들기

클래스룸에서 수업을 만드는 방법은 정말 간단합니다. 클래스룸에 접속하여 '수업 만들기'를 클릭하고 수업의 기본 정보만 입력하면 됩니다. 수업은 'Class'를 단순히 번역한 용어이기 때문에 조금 와닿지 않습니다. 이 용어를 학급으로 이해해도 됩니다. 즉, 수업 만들기를 학급 만들기라고 생각하면 됩니다.

※ 일부 지스위트 계정의 경우에 수업 만들기가 활성화되지 않습니다. 이 경우 해당 계정이 교사가 아닌 학생으로 되어 있기 때문입니다. 지스위트 관리자에게 본인의 계정을 클래스룸 교사용 그룹에 추가해달라고 요청하면 '클래스룸 교사용 그룹'에 속하여 '수업' 만들 수 있습니다.

우선 앞에서 추천한 브라우저를 이용하여 구글 홈페이지(www.google.com)에 접속합니다. 구글 홈페이지의 오른쪽 상단에 있는 [로그인] 버튼을 클릭합니다.

그림 2-4 구글 홈페이지의 [로그인]

구글 계정과 비밀번호를 입력하고 로그인합니다.

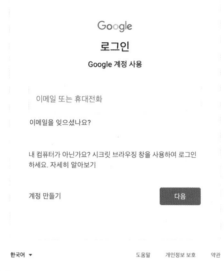

그림 2-5 구글 계정 로그인하기

페이지 오른쪽 상단에 Google 앱 메뉴 아이콘이 있습니다. 이 아이콘을 클릭하면 구글에서 제공하는 각종 앱을 한눈에 보고 바로 실행할 수 있습니다. 이곳에서 '클래스룸'을 찾아 실행합니다(클래스룸 앱이 나타나지 않는다면 사이트 주소 classroom.google.com으로 직접 접속합니다).

그림 2-6 구글 앱 메뉴에서 클래스룸 실행하기

교육용 지스위트 계정으로 클래스룸 접속 시 교사/학생 역할 선택

교육용 지스위트 계정으로 클래스룸에 처음 들어가면 클래스룸에서 역할을 선택하는 화면이 먼저 나타납니다. 이때 주의할 점이 있습니다. 선생님은 꼭 교사를 선택해야 합니다. 왜냐하면 역할을 한 번 선택하면 추후 수정하는 메뉴가 없기 때문입니다. 혹여 역할을 잘못 선택한 경우 학교나 교육청 지스위트 계정 관리자에게 문의해야 잘못 선택한 역할을 변경할 수 있습니다.

그림 2-7 역할 선택하기

※ 개인 계정으로 클래스룸에 들어간 경우 해당 역할 옵션은 표시되지 않습니다.

클래스룸을 처음 실행하면 수업이 만들어진 상태가 아니기 때문에 빈 화면으로 표시됩니다. 혹은 이미 개설된 수업이 있는 경우 기존 수업이 표시됩니다. 여기서는 수업이 없는 상태를 가정하고 수업을 먼저 만들어보겠습니다. 오른쪽 상단의 [+] 버튼을 클릭하고 [수업 만들기]를 클릭합니다.

그림 2-8 클래스룸에서 수업 만들기

개인 계정으로 클래스룸에서 수업 만들기를 할 경우

개인 계정으로 접속한 후 클래스룸에서 [수업 만들기]를 실행하면 다음 그림과 같은 메시지가 나타납니다. 학교에서 학생과 함께 클래스룸을 사용할 경우 무료 G Suite for Education 계정을 이용해 생성할 것을 안내하고 있습니다. 학생들이 클래스룸에 올라온 수업 자료를 집에서 확인하거나 과제를 해결하는 용으로 이용한다면 큰 무리가 없을 것입니다.

요즘에는 각 시도교육청에서 교육용 구글 지스위트 서비스를 도입하여 각 학교에서 관리자 계정을 배부받아 사용하는 방식이 확산되고 있습니다. 공립학교에 근무하는 교원의 경우 해당 시도교육청의 정책을 살펴보고 가능하면 교육용 지스위트 계정을 발급받아 사용하기 바랍니다. 교육용 지스위트 계정에는 학교 환경에 필요한 개인 정보 보호 및 보안 기능이 추가로 제공되기 때문에 이점이 있습니다.

교육용 지스위트 계정을 발급받을 수 없는 환경이라고 해도 개인 계정으로 클래스룸 수업을 만들 수 있고 운영할 수 있습니다. 따라서 다음과 같은 메시지가 나타날 경우 체크 표시를 하고 [계속]을 클릭하면 다음 과정을 진행할 수 있습니다.

학교에서 학생과 함께 클래스룸을 사용하시나요?

이 경우 학교가 무료 G Suite for Education 계정에 가입해야 클래스룸을 사용할 수 있습니다. 자세히 알아보기

G Suite for Education을(를) 사용하면 학교에서 학생이 사용할 수 있는 Google 서비스를 설정할 수 있으며 학교 환경에서 중요한 개인정보 보호 및 보안 기능이 추가로 제공됩니다. 학생은 학교에서 일반 계정으로 Google 클래스룸을 사용할 수 없습니다.

☑ 위의 공지를 읽고 이해했으며 학교에서 학생과 함께 클래스룸을 사용하지 않습니다.

뒤로 이동   계속

그림 2-9 개인 계정으로 클래스룸 수업 만들기를 할 때 나타나는 메시지

수업에 대한 정보를 입력하는 창이 나타납니다. 수업에 대한 정보를 입력한 후 오른쪽 하단의 [만들기]를 클릭하면 수업이 생성됩니다.

> [수업 이름(필수)]은 수업의 이름을 입력합니다.
>
> [부제(단원)]는 짧게 수업을 설명하는 내용으로, 선생님의 정보나 수강 대상 학년, 수업의 시작 시간을 입력하면 됩니다.
>
> [제목]은 해당 수업의 과목명을 입력하면 됩니다.
>
> [강의실]은 해당 수업이 있는 강의실이나 교실 정보를 입력하면 됩니다.

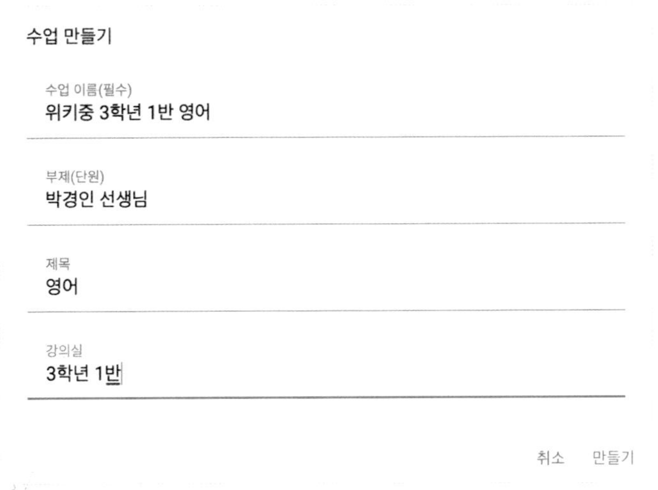

수업 만들기

수업 이름(필수)
위키중 3학년 1반 영어

부제(단원)
박경인 선생님

제목
영어

강의실
3학년 1반

취소   만들기

그림 2-10 수업 만들기 창에서 수업 상세 정보 입력

구글 클래스룸에서 수업 관리하기

클래스룸의 초기 화면에서 수업에 있는 메뉴 버튼 [:]을 클릭하면 수업을 관리할 수 있는 메뉴가 나타납니다. [복사]는 해당 수업을 복사하여 사본을 만듭니다. 이 기능은 중학교와 고등학교 선생님, 초등학교 전담 과목 선생님에게 적합한 기능입니다. 해당 수업을 복사하여 사본을 만든 후 사본의 이름을 변경하는 식으로 여러 학급을 효율적으로 생성할 수 있기 때문입니다.

그림 2-11 클래스룸 수업 복사하기

종강했거나 학기가 지나 해당 수업이 완료된 경우 수업을 [보관처리](Archive)할 수 있습니다. '보관처리'하면 선생님과 학생의 클래스룸 초기 화면에서 해당 수업이 나타나지 않습니다. 일종의 숨김 처리가 된 상태이기 때문에 보이지는 않지만, 구글 드라이브 내 클래스룸 폴더 안에는 해당 수업 자료가 그대로 남아 있습니다. 그리고 보관 처리된 수업은 '복구' 기능을 통해 다시 활성화할 수 있습니다(보관 처리된 수업은 상단 [기본 메뉴] – [보관 처리된 수업]에서 확인할 수 있습니다).

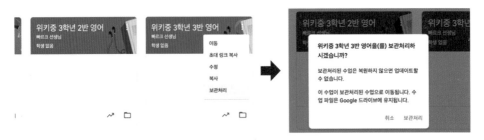

그림 2-12 클래스룸 학급 보관 처리하기

숨김 처리가 된 학급은 삭제할 수 있습니다. 삭제할 경우 해당 수업의 자료가 모두 지워짐은 물론, 복구하기가 어렵기 때문에 신중하게 결정해야 합니다. 수업을 삭제할 수 있는 권한은 수업을 담당하는 선생님에게만 있습니다. 2명의 선생님이 공동으로 운영하는 수업이라면 최초의 개설자가 삭제 권한을 가지고 있습니다.

학생 초대하기

지금까지 클래스룸으로 수업을 개설했습니다. 이제 학생들을 초대할 차례입니다. 클래스룸에서 학생을 초대하는 방법은 여러 가지가 있습니다. 선생님들이 보기에 편한 방법으로 활용해 보면 좋을 듯합니다.

첫 번째 방법은 클래스룸의 수업 코드를 학생들에게 안내하는 방법입니다. 클래스룸 수업마다 고유의 수업 코드가 있습니다. 선생님이 해당 수업 코드를 학생들에게 안내하면 학생들이 본인의 클래스룸 화면에서 안내받은 수업 코드를 입력하고 해당 수업으로 들어갈 수 있습니다. 수업 코드는 그림과 같이 수업의 초기 화면 왼쪽 상단에서 확인할 수 있습니다. 수업 코드 오른쪽의 아이콘을 누르면 해당 수업 코드를 다음 그림과 같이 확대해서 볼 수 있습니다.

그림 2-13 클래스룸 수업 코드로 학생 초대하기

두 번째 방법은 초대 링크를 복사해 학생들에게 안내하고 학생들이 해당 링크를 클릭하여 클래스룸 수업으로 들어오는 것입니다. 수업 코드를 확대해 보면 아래쪽에 [초대 링크 복사] 메뉴가 있습니다. 해당 메뉴를 클릭하면 초대 링크가 복사됩니다. 초대 링크는 수업 코드가 자동으로 입력된 형태라 학생이 손쉽게 클래스룸 수업으로 들어올 수 있다는 장점이 있습니다.

초대 링크의 예시: https://classroom.google.com/c/MTQwMjU0MDY1NTgx?cjc=ziv27lr

(마지막 부분에 해당 클래스룸의 수업 코드가 포함되어 있습니다.)

세 번째 방법은 학생의 이름이나 이메일 주소를 입력하여 초대하는 방법입니다. 클래스룸의 상단 메뉴 중 [사용자] 탭을 클릭하면 학생을 초대하는 화면이 나타납니다. 이 방법은 학생들의 이메일 주소로 초대 링크를 보내기만 할 뿐 결국은 학생이 초대 링크를 클릭해야 클래스룸에 들어올 수 있습니다. 또한 학생의 이메일 주소를 미리 알고 있어야 사용할 수 있는 방법입니다. 보통 교육용 지스위트를 통해 학생 계정을 규칙을 정해 일괄 생성한 경우 이 방법을 효과적으로 사용할 수 있습니다.

그림 2-14 사용자 탭에서 학생의 이름과 이메일로 학생 초대하기

우리 반 학생들을 그룹으로 관리하세요

구글 서비스 중 그룹스(Groups)라는 서비스가 있습니다. 해당 서비스는 이름 그대로 그룹 기능을 제공합니다. 위키중 3학년 1반 학생들이라는 그룹을 만든다면 해당 그룹에 학생들의 이메일 계정을 추가해 하나의 그룹으로 관리할 수 있습니다.

그림 2-15 구글 그룹스 기능

[그룹 만들기]를 통해 그룹을 생성할 수 있습니다. 그룹 기능에서 주목해야 하는 기능은 [그룹 이메일] 기능입니다. [그룹 이메일]은 그룹의 대표 이메일 계정으로, 이 계정으로 이메일을 보내면 그룹에 속한 모든 학생에게 이메일이 발송됩니다. 따라서 그룹에 미리 학생들을 추가한 후 클래스룸에서는 그룹 이메일 계정으로 초대장을 발송하면 그룹에 속한 전체 학생에게 초대장이 발송됩니다. 예를 들어 다음 그림과 같이 그룹 이메일 계정이 'wiki20_0301@oktong.es.kr'이라면 클래스룸 학생 초대에서 이메일 계정을 'wiki20_0301@oktong.es.kr' 하나만 입력하고 초대했을 때 해당 그룹에 속한 모든 학생에게 이메일로 초대장이 발송됩니다.

그림 2-16 그룹 이메일 기능을 이용한 클래스룸 초대

클래스룸 주요 메뉴와 기능 살펴보기

클래스룸의 주요 메뉴와 기능을 살펴보겠습니다. 클래스룸은 좀 더 생산적이고 의미 있는 수업 진행을 위한 메뉴와 기능으로 구성되어 있습니다. 우선 선생님 입장에서 나타나는 메뉴를 살펴보겠습니다.

PC 접속화면 (교사용)   모바일 접속화면 (교사용)

그림 2-17 PC 접속 화면과 모바일 접속 화면의 비교

PC와 모바일에서 접속한 화면을 비교해보면 공통으로 [스트림], [수업], [사용자(인물)] 메뉴가 나타납니다. PC 웹브라우저에서 접속했을 때만 [성적] 탭이 보입니다.

학급 커뮤니케이션을 위한 [스트림]

스트림에서는 수업 업데이트를 확인하고 친구들과 소통할 수 있습니다. 선생님 입장에서는 공지사항을 올리고 수업 자료 등을 쉽게 게시할 수 있습니다. 클래스를 처음 개설했으니 학생들을 환영하는 게시물을 올려보겠습니다. 스트림에 글을 쓰는 방법은 간단합니다. [스트림] 페이지에서 '소식이나 자료 등을 공유해 보세요'를 클릭하고 글을 작성하면 됩니다.

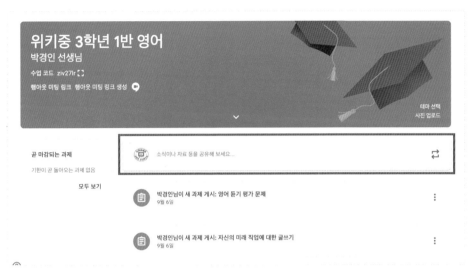

그림 2-18 [스트림] 페이지에서 글 작성하기

[스트림]을 통해 글을 작성할 때 '대상'을 클릭하여 글이 게시될 수업과 학생을 선택할 수 있습니다. 특히 반을 여러 개 미리 개설한 상태에서는 해당 공지사항이 게시될 반을 선택할 수 있습니다. 일일이 반에 들어가 공지사항을 작성하는 것이 아니라 한 반에서 글을 작성한 후에 그 글이 게시될 반을 선택할 수 있기 때문에 효율적으로 공지사항을 게시할 수 있습니다. 동일한 방법으로 '전체 학생'을 선택한 후 개별적으로 학생을 선택하여 글을 게시할 수 있습니다.

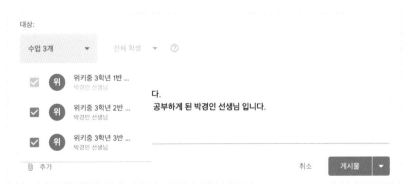

그림 2-19 여러 수업에 공지사항 게시하기

공지사항에 강의 계획서와 평가 계획과 같은 문서 자료를 첨부할 수 있습니다. 왼쪽 하단의 [추가] 버튼을 클릭하면 [Google 드라이브], [링크], [파일], [YouTube]를 첨부할 수 있습니다.

- [Google 드라이브]: 구글 드라이브에 저장된 파일을 첨부할 수 있습니다. 구글 문서 도구를 이용해 작성한 문서, 프레젠테이션, 스프레드시트, 설문지 등도 함께 첨부할 수 있습니다.
- [링크]: 웹사이트 주소 링크를 첨부할 수 있습니다.
- [파일]: 컴퓨터에 저장된 파일을 업로드할 수 있습니다. 이미지, PDF, 프레젠테이션, 동영상 등 수업에 필요한 파일을 공유할 수 있습니다.
- [YouTube]: 유튜브에 올린 영상을 검색하여 손쉽게 첨부할 수 있습니다.

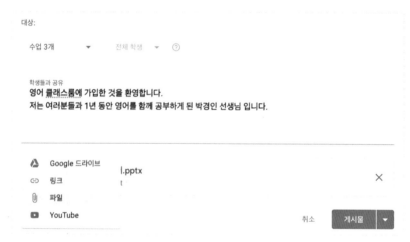

그림 2-20 게시글에 첨부할 수 있는 유형

이렇게 작성한 공지사항은 바로 게시하거나 특정 시간에 게시되게 예약할 수 있습니다. 혹은 초안으로 임시 저장하여 추후 다시 불러와 수정할 수 있습니다. [게시물]을 누르면 바로 게시됩니다. 공지사항을 예약하려면 [게시물] 옆의 아래쪽 화살표를 클릭한 후 [예약]을 클릭합니다.

그림 2-21 공지사항 게시, 예약, 임시 저장하기

 왜 예약 기능이 활성화가 안 되는 거죠?

앞에서 공지사항 게시 대상을 여러 수업으로 일괄 선택한 경우 게시물 예약 기능이 활성화되지 않습니다. 이런 경우에는 먼저 한 수업에만 공지사항을 예약한 후 다른 수업에서 공지사항을 재사용하면 됩니다. 공지사항을 재사용하는 방법은 다음과 같습니다.

다른 수업에 들어가서 '소식이나 자료 등을 공유해 보세요' 오른쪽 옆에 있는 [게시물 재사용] 아이콘을 클릭합니다.

소식이나 자료 등을 공유해 보세요...

게시물 재사용

그림 2-22 게시물 재사용 기능

그리고 공지사항을 예약 게시했던 수업을 선택합니다. 수업을 선택하면 어떤 게시물을 재사용할지 선택할 수 있습니다. 공지사항 게시물을 선택하면 다시 게시물을 작성하는 화면으로 넘어가고 그 상태에서 동일한 방법으로 게시물을 예약하면 됩니다.

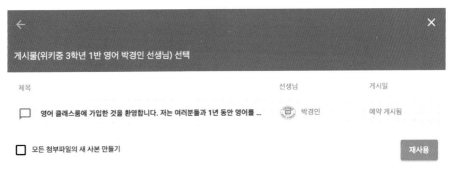

게시물(위키중 3학년 1반 영어 박경인 선생님) 선택

제목	선생님	게시일
영어 클래스룸에 가입한 것을 환영합니다. 저는 여러분들과 1년 동안 영어를 ...	박경인	예약 게시됨
모든 첨부파일의 새 사본 만들기		재사용

그림 2-23 재사용할 게시물 선택하기

스트림에는 이처럼 교사가 공지사항 등과 같은 게시글을 올릴 수 있지만, 학생들도 게시글을 올리거나 질문을 남길 수 있습니다. 여기에 서로 댓글을 달고 이야기를 나눌 수 있습니다. +나 @을 입력한 다음, 사용자의 이메일 주소를 입력하여 특정 사용자를 언급할 수 있습니다.

그림 2-24 스트림 페이지에서의 상호작용

스트림에 글을 올릴 수 있는 사람을 교사로만 설정하고자 할 때

기본적으로 스트림에는 학생도 게시 및 댓글 작성이 가능하지만, 경우에 따라 이를 통제할 수 있습니다. 수업의 초기 화면에서 오른쪽 상단의 톱니바퀴 모양 아이콘인 [설정]을 클릭하여 수업 설정으로 들어갑니다. [일반]에서 스트림 옆의 아래쪽 화살표를 클릭하고 권한을 선택할 수 있습니다. 교사만 글을 올리고자 할 때는 '학생은 댓글만 달 수 있습니다'와 '선생님만 게시 또는 댓글 작성 가능' 중에서 선택합니다. '선생님만 게시 또는 댓글 작성 가능'으로 설정하면 학생은 댓글 작성이 제한됩니다.

그림 2-25 게시 또는 댓글 작성 권한 관리하기

과제나 학습 자료를 학생들에게 안내하는 [수업]

선생님은 [수업] 메뉴에서 과제나 질문을 만들 수 있습니다. 또한 주제 기능을 사용하여 단원별, 주제별로 수업 내용을 정리하여 게시할 수 있습니다. 학생 역시 [수업] 메뉴에서 과제와 학습 자료를 확인할 수 있습니다.

[수업] 메뉴에서 중요한 기능은 [+ 만들기]입니다. [+ 만들기] 버튼을 클릭하면 [과제], [퀴즈 과제], [질문], [자료], [게시물 재사용], [주제] 등을 만들 수 있습니다.

그림 2-26 [수업] – [+ 만들기] 버튼

[수업] – [주제] 만들기

우선 '주제'를 먼저 만들어보겠습니다. '주제'는 앞으로 선생님들이 제시할 과제와 학습 자료 등을 그룹화하여 잘 정리할 수 있게 도와줍니다. 학생들도 '주제'를 클릭하여 학습 자료와 과제를 좀 더 쉽게 찾을 수 있습니다. [+ 만들기] 버튼을 클릭한 후 맨 아래에 있는 [주제]를 클릭하면 어떤 주제를 추가할지 묻는 창이 나타납니다. 선생님의 수업 상황에 맞게 입력하면 됩니다. 주제명을 입력한 후 오른쪽 하단의 [추가] 버튼을 클릭합니다.

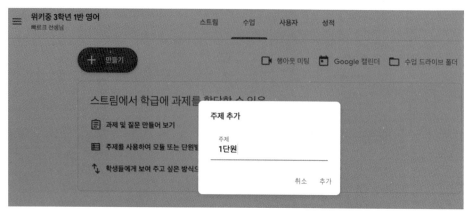

그림 2-27 클래스룸 [수업] - [+ 만들기] - [주제] 추가하기

[수업] - [자료] 만들기

주제명을 '1단원'으로 입력하면 '1단원'이라는 이름의 주제가 만들어집니다. 그럼 이제 여기에 수업 자료를 올려보겠습니다. [+ 만들기] 버튼을 클릭한 후 [자료]를 클릭해보겠습니다. 그러면 자료를 작성하는 화면으로 넘어가는데, 화면 구성은 단순합니다. 웹페이지 게시판에 글을 작성하는 것처럼 '제목(자료의 이름)'과 '설명(자료의 내용)'을 입력합니다. 아래쪽에 있는 자료 [추가] 또는 [+만들기] 버튼을 통해 첨부파일을 첨부하면 됩니다.

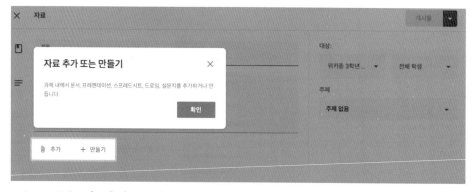

그림 2-28 클래스룸 [수업] - [+ 만들기] - [자료] 추가하기

[추가]와 [만들기]의 차이점은 다음과 같습니다. [추가]는 기존 'Google 드라이브에 있는 파일', '링크', '(컴퓨터에 저장된) 파일', '유튜브 영상' 등을 첨부할 수 있습니다. 반면에

[만들기]는 구글의 문서 도구를 이용하여 새로운 자료를 만들 수 있습니다. 기존 자료를 활용할 것인지(추가), 새로운 자료를 만들 것인지(만들기)가 추가와 만들기의 차이점이라고 이해하면 됩니다.

그림 2-29 추가와 만들기의 차이점

최근에는 수업 자료로 영상을 많이 활용합니다. 특히 '유튜브' 영상을 많이 활용합니다. 구글 클래스룸 내에서 유튜브 영상을 재생할 경우 영상의 광고가 표시되지 않아 학생들의 집중력이 흐트러지는 것을 예방할 수 있다는 이점이 있습니다. [추가] 버튼을 눌러 'YouTube'를 선택하면 그림과 같이 유튜브 영상을 검색하거나 직접 URL을 입력할 수 있는 창이 나타납니다. 수업 자료로 추가할 영상을 선택한 후 왼쪽 하단에 [추가] 버튼을 누르면 첨부됩니다.

그림 2-30 클래스룸에 유튜브 영상 추가하기

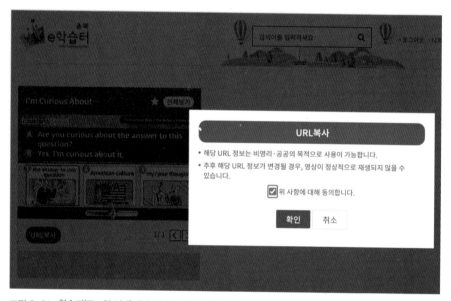

e학습터 영상을 링크 형식으로 첨부할 수 있어요

e학습터는 초등학교 1학년부터 중학교 3학년까지의 학습 콘텐츠를 제공합니다. 짧은 콘텐츠 형태라서 간단하게 자료 형태로 제시하기에 적합합니다. e학습터의 학습 영상 콘텐츠를 구글 클래스룸에서 링크 형식으로 첨부할 수 있습니다. 우선 선생님께서 e학습터에 로그인해야 합니다. 로그인한 상태에서 해당 학년의 자료-교과-단원을 선택하여 학습 자료를 보면 아래쪽에 [URL 복사]가 있습니다. 이 버튼을 클릭하면 해당 영상 콘텐츠의 URL을 클립보드에 복사할 수 있습니다.

그림 2-31 e학습터(로그인 상태)에서 콘텐츠 URL 복사하기

다시 클래스룸으로 돌아와 [추가] 버튼을 클릭하여 [링크]를 순서대로 클릭합니다. 그리고 e학습터에서 복사한 URL 복사를 링크 창에 붙여넣습니다. 이처럼 링크 주소를 첨부하는 방식으로 e학습터의 콘텐츠를 클래스룸에서도 활용할 수 있습니다.

[만들기]를 통해 구글 문서 도구로 새로운 자료를 간단하게 만들 수 있습니다. 클라우드 기반이기 때문에 따로 문서 도구 프로그램을 설치하지 않아도 됩니다. 또한 서버에 바로 저장되기 때문에 교무실에서 작업하다가 잠깐 다른 장소에 이동해도 작성한 그대로 문서를 다시 이어서 작성할 수 있습니다. [+ 만들기] 버튼을 클릭한 후 [문서]를 선택하면 새로운 웹브라우저 창이 열리면서 구글 문서로 접속됩니다. 문서를 작성한 후 창을 그냥 닫

아도 됩니다. 클라우드 기반이라 자동으로 저장되기 때문입니다. 다시 문서를 수정할 때
는 첨부된 구글 문서를 다시 클릭하면 창이 뜨고 거기서 내용을 수정할 수 있습니다.

그림 2-32 [+만들기] - [구글 문서]

클래스룸에서 관련 수업자료를 하나 만들면 대상을 지정해 한 번에 여러 반에 게시할 수
있다는 이점이 있습니다. 화면의 오른쪽에 위치한 [대상]을 클릭하여 자료를 올릴 수업을
선택할 수 있습니다.

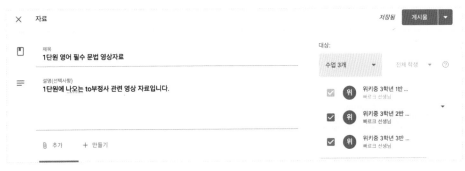

그림 2-33 자료를 한 번에 올리는 방법

또한 자료를 올릴 '주제'를 설정할 수 있습니다. 미리 만들어 놓은 '주제'에 자료를 지정하
고 해당 '주제'에 자료를 올릴 수 있어 나중에 자료를 찾을 때 쉽게 찾을 수 있습니다. 또
한 [주제 만들기] 기능이 함께 지원되기 때문에 바로 새로운 주제를 만들 수 있습니다.

그림 2-34 주제 지정하기

게시물 버튼을 누르면 바로 게시물이 올라가지만, 옆에 있는 펼침 버튼을 클릭하여 여러 옵션을 선택할 수 있습니다. [예약] 기능을 이용하면 원하는 시간대에 게시물을 올릴 수 있지만, 현재는 게시될 대상을 여러 반으로 지정했기 때문에 예약 기능이 비활성화되어 있습니다. 이 경우에는 대상을 한 반으로 지정하고 추후 [게시물 재사용] 기능을 이용해야 합니다.

그림 2-35 게시물 옵션 기능

자료가 게시됐습니다. 게시된 자료는 새로 추가된 자료로 나타납니다. 새로운 자료가 게시되면 학생에게도 안내됩니다. [수업] 탭에서 볼 수 있지만, [스트림] 탭에서도 간편하게 클릭하여 세부 내용을 볼 수 있습니다.

PC 접속화면 (학생용)   모바일 접속화면 (학생용)

그림 2-36 새로운 자료 게시 | PC와 모바일 접속화면 비교 (학생용)

[수업] – [질문] 만들기

이렇게 새로운 자료를 미리 수업 전에 공부하여 기본 개념을 습득하고 학교에 가서 이 개념을 바탕으로 한 여러 활동과 토의·토론 및 프로젝트 학습을 진행할 수 있습니다. 이런 식의 수업을 '플립 러닝(Flip Learning)'이라고 하며, 이는 '블렌디드 러닝(Blended Learning)'의 한 종류입니다. 새로운 자료를 게시하고 학생들이 그 자료를 잘 보고 공부했는지 확인하고자 할 때는 [질문] 기능을 활용하면 됩니다. [+ 만들기] 버튼을 클릭한 후 [질문]을 클릭합니다.

그림 2-37 클래스룸의 질문 기능

[질문] 기능은 간단한 문제를 만들 수 있습니다. 여기서 간단하다는 의미는 '단답형'과 '객관식', 이렇게 2개의 유형 중에 선택할 수 있다는 뜻입니다. 선생님이 학생들에게 영상 자료를 제공하고 난 후 학생들이 영상을 잘 시청했는지 알고 싶을 때 이 기능이 유용합니다. 영상 속의 주요 내용이나 수업과 관련한 사전 개념을 [질문]으로 만들어 잘 시청했는지 확인하는 용도로 활용할 수 있습니다. 질문 기능 역시 대상을 지정해 여러 반을 설정할 수 있으며 특정 학생들에게만 질문할 수도 있습니다. 다만 자료와 조금 다른 점은 점수를 매길 수 있다는 점과 기한이 있다는 점입니다. 학생들이 서로 댓글을 달거나 수정하는 옵션도 설정할 수 있습니다.

그림 2-38 질문 기능 옵션 설정하기

[수업] - [과제] 만들기

교실에서 수업하고 난 후 학생들에게 개별적으로 혹은 모둠으로 과제를 만들어 배부할 수 있습니다. 또한 수행평가를 과제로 만들어 학생들에게 배부하면 학교에 오지 않더라도 집에서 보고서를 작성하거나 평가 활동을 할 수 있습니다. 학생 입장에서는 과제 제출을 간편하게 한다는 장점이 있으며, 선생님 입장에서는 사전에 만들어 놓은 기준표에 따라 바로 채점할 수 있고 댓글을 통해 개별 학생에게 쉽게 피드백을 줄 수 있습니다.

[수업] 탭에서 [+ 만들기] 버튼을 클릭하고 [과제]를 클릭하면 과제를 만드는 화면으로 넘어갑니다.

그림 2-39 [수업] – [+ 만들기] – [과제] 만들기

[과제] 작성 화면에서 눈여겨봐야 하는 기능이 2가지 있습니다. 그중 하나는 바로 '기준표'입니다. '기준표'를 만들면 선생님들이 채점할 때 훨씬 편하게 기준 항목에 맞춰 점수를 줄 수 있습니다. 또한 학생 입장에서도 과제를 작성할 때 '기준표'를 볼 수 있어 문항에서 묻고자 하는 의도를 파악하기가 수월합니다.

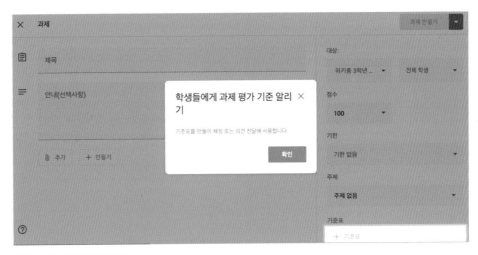

그림 2-40 과제의 기준표 기능

과제의 제목은 필수 입력 사항입니다. 제목을 입력해야 기준표 기능이 활성화됩니다. 다음 그림과 같이 제목은 '자신의 미래 직업에 대한 글쓰기'로 해놓고 안내(선택사항)에는 참고용으로 평가 조건을 넣었습니다. 그리고 오른쪽 하단의 [+ 기준표]를 클릭하여 [기준표 만들기]를 선택합니다.

그림 2-41 [과제] 만들기에서 [기준표] 만들기

기준표에서는 여러 라벨을 이용하여 평가 기준을 정할 수 있습니다.

- '기준 제목(필수)'은 반드시 입력해야 합니다. 평가할 기준의 이름을 적어야 하는데, 다음 그림과 같이 '평가 기준'이라는 이름을 넣었습니다.
- '기준 설명'에는 해당 기준에 대한 설명을 적습니다. 선택사항이므로 내용을 비워둬도 괜찮습니다.
- '점수(필수)'는 해당 등급의 점수입니다. 다음 그림에서는 Excellent 등급에 3점을 부여했습니다.
- '등급 제목'은 해당 등급의 이름입니다. A, B, C와 같은 문자 등급이나 ◎, ○, △와 같은 기호 등급 등 선생님에 따라 다양한 등급 제목이 들어갈 수 있습니다.
- '설명'은 특정 성취도 등급에 관한 특성을 설명합니다.

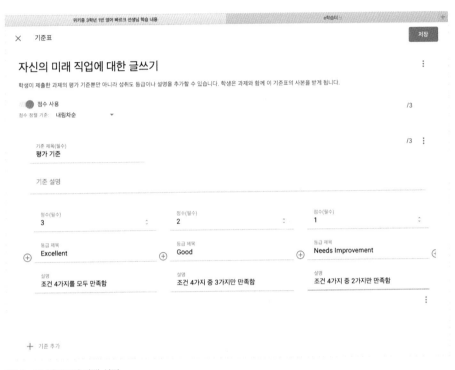

그림 2-42 기준표의 라벨 설정

[저장] 버튼을 눌러 기준표를 저장합니다. 기준표를 저장하면 오른쪽 하단에서 기준표가 첨부됐음을 확인할 수 있습니다.

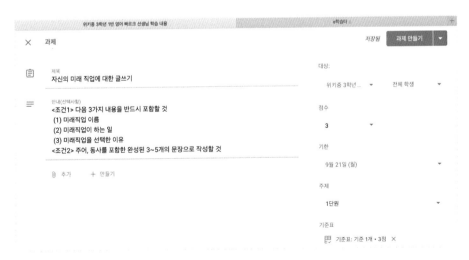

그림 2-43 첨부된 기준표

학생들에게 과제를 낼 때 활동지가 있으면 평가의 공정성을 더 높일 수 있습니다. 구글 클래스룸의 경우는 구글 문서를 학생들에게 배부하여 학생들이 과제를 간편하게 제출할 수 있다는 장점이 있습니다. 이런 장점을 살릴 수 있게 학생들에게 구글 문서로 만든 과제를 배부하는 방법을 알아보겠습니다. 다음 [+ 만들기] 버튼을 클릭한 후 [문서]를 클릭합니다.

그림 2-44 [과제] - [만들기] - 구글 문서 활동지 만들기

구글 문서 창이 나타납니다. 구글 문서는 일반 워드프로세서와 대부분 기능이 유사하기 때문에 기존 문서 작성 방법대로 만들면 됩니다. 다음 그림과 같이 '미래직업 글쓰기'라는 제목으로 학생들에게 배부할 활동지 문서를 만들었습니다. 저장 버튼이 따로 없기 때문에 작성을 완료하고 나면 구글 문서 창을 닫으면 됩니다.

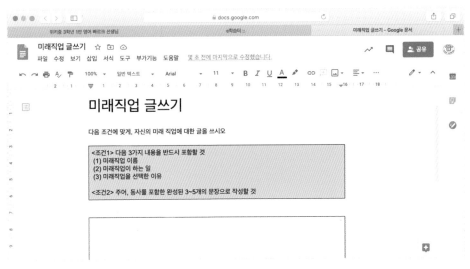

그림 2-45 구글 문서에서 활동지 제작하기

다시 구글 클래스룸으로 돌아옵니다. 작성한 활동지 구글 문서가 과제에 첨부됐음을 확인할 수 있습니다. 이번에는 첨부된 과제 오른쪽에 있는 '권한 설정'을 클릭합니다. 학생들에게 구글 문서 활동지를 어떻게 접근할 수 있는지의 권한을 제공하는 3가지 옵션이 나타납니다.

학생에게 파일 보기 권한 제공: 학생은 구글 문서 활동지를 볼 수만 있습니다. 해당 문서에 글을 입력하거나 수정하는 권한이 없기 때문입니다.

학생에게 파일 수정 권한 제공: 학생이 구글 문서 활동지에 글을 쓰거나 수정할 수 있습니다. 하지만 하나의 문서 파일에 여러 명의 학생이 접근하는 식이라 내용 원본이 훼손될 우려가 있습니다.

학생별로 사본 제공: 해당 구글 문서 파일에 대해 학생별로 사본이 만들어집니다. 학생 수가 25명이라면 25개의 사본 파일이 만들어지는 형태입니다. 학생은 자기 이름으로 된 활동지 파일을 받게 됩니다. 해당 파일에 과제 내용을 입력한 후 제출하면 선생님은 더 쉽게 학생별로 평가할 수 있습니다.

그림 2-46 구글 문서 파일 접근 권한 설정

[수업] – [퀴즈 과제] 만들기

퀴즈 과제는 구글 설문지를 기반으로 평가 문제를 만들 수 있습니다. 평가한다는 점에서 [퀴즈 과제]와 [질문]이 얼핏 비슷해 보이지만, 측정할 수 있는 평가 문항의 수가 다릅니다. [퀴즈 과제]는 여러 문항을 측정할 수 있지만 [질문]은 한 문항만 학생에게 물어볼 수 있습니다. 또한 [퀴즈 과제]는 구글 설문지의 다양한 질문 유형을 사용할 수 있지만 [질문]은 단답형의 객관식 유형만 지원됩니다. 더 나아가 [퀴즈 과제]는 설문 결과를 스프레드시트로 내보낼 수 있는 기능을 사용할 수 있습니다. 선생님은 학생들이 어떤 부분에서 피드백이 필요한지를 쉽게 정리된 데이터로 한 눈에 볼 수 있습니다. 이런 점에서 본다면 [퀴즈 과제]가 평가를 하는 선생님에게 상당히 매력적인 기능이라는 것을 알 수 있습니다.

표 2–2 [퀴즈 과제]와 [질문]의 차이

	퀴즈 과제	질문
작동 원리	구글 설문지 연동	클래스룸 내부
평가 유형	단답형, 장문형, 객관식, 체크 박스, 드롭다운 등	단답형, 객관식
문항 출제 수	여러 문항 가능	한 문항만 가능

[퀴즈 과제]를 만드는 방법은 다음과 같습니다. [수업] 탭을 클릭한 후 [+ 만들기] 버튼을 클릭하고 [퀴즈 과제]를 선택하면 퀴즈 과제를 만드는 화면으로 넘어갑니다.

그림 2–47 퀴즈 과제 만들기

퀴즈 과제는 딱 한 부분만 제외하고 앞에서 살펴본 과제와 화면 구성이 똑같습니다. 다른
점은 바로 구글 설문지가 기본으로 첨부된다는 것입니다. 구글 설문지는 설문조사를 위
한 서비스지만, 퀴즈 기능을 활성화하면 응답 결과에 따라 채점할 수 있습니다. 첨부된
구글 설문지 퀴즈를 클릭하면 해당 퀴즈를 수정할 수 있게 사이트 창이 새로 나타납니다.

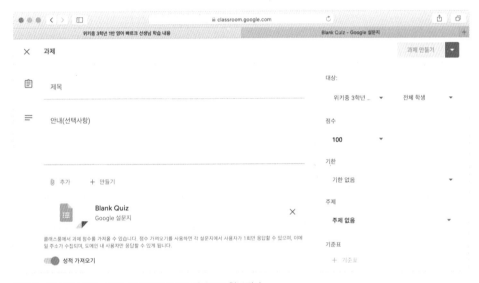

그림 2-48 퀴즈 과제는 구글 설문지의 퀴즈가 기본으로 첨부된다.

영어 듣기평가 문제를 만들어보겠습니다. 설문지의 제목과 문항을 영어 듣기평가에 맞게
끔 수정하여 입력합니다. 문항의 옵션을 추가한 후 오른쪽으로 마우스를 갖다 대면 [이미
지 추가] 기능이 있습니다. 이 기능을 이용해 문항에 그림을 넣을 수 있습니다.

그림 2-49 문항에 이미지 추가하기

새로운 퀴즈 문항은 사이드 메뉴를 통해 추가할 수 있습니다. '2번 문제', '3번 문제'와 같은 식으로 추가하려면 사이드 메뉴에서 [문항 추가]를 해야 합니다. 사이드 메뉴에는 문항뿐만 아니라 텍스트, 이미지, 동영상을 추가할 수 있습니다. 영어 듣기평가에 필요한 오디오 파일은 '동영상 추가'를 클릭해 유튜브에서 검색한 영상을 선택했습니다. 유튜브 영상의 경우 검색뿐만 아니라 URL로 링크를 추가할 수 있기 때문에 선생님이 만든 오디오 자료를 일부 공개 상태로 업로드한 뒤 URL로 첨부할 수 있습니다.

그림 2-50 설문지 사이드 메뉴로 동영상 추가하기

이런 작업을 반복적으로 하면 영어 듣기평가 문항을 완성할 수 있습니다. 가장 상단에 유튜브 영상 등을 활용하여 멀티미디어 자료가 들어간 평가를 할 수 있다는 점이 큰 장점입니다.

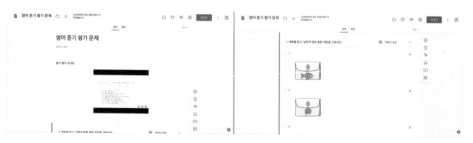

그림 2-51 구글 설문지 퀴즈 기능을 이용해 만든 영어 듣기평가 문제

이렇게 구성한 문항은 정답과 배점 기능이 지원됩니다. 문항마다 아래쪽에 위치한 [답안]을 클릭하여 답안을 선택하는 화면으로 넘어갑니다. 문제를 맞혔을 때 획득할 수 있는 점수도 입력합니다. 작업이 완료되면 아래쪽의 완료를 눌러 저장합니다. 필요한 경우 '답안 관련 의견 추가'를 통해 문제를 풀고 난 후 해설을 달 수 있습니다.

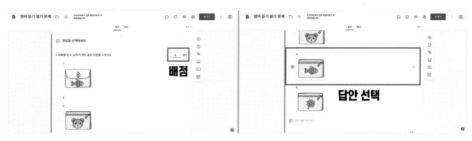

그림 2-52 구글 설문지 퀴즈 배점과 답안 선택

작성하고 있던 설문지 창을 닫습니다. 그러면 다시 [퀴즈 과제] 구성 화면으로 돌아갑니다. 퀴즈 과제의 제목과 대상, 기한, 주제 등을 정한 후에 [과제 만들기]를 클릭해 퀴즈 과제를 학생들에게 배부할 수 있습니다.

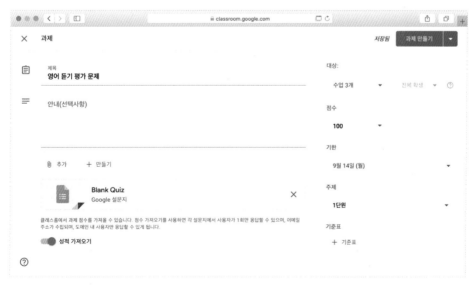

그림 2-53 퀴즈 과제 만들기

※ 구글 설문지를 활용하는 방법은
부록에서 더 자세히 다룹니다.

교사와 학생, 학부모 사용자 관리를 도와주는 [사용자]

[사용자] 탭을 통해 클래스룸 현재 수업에 가입된 교사와 학생들을 확인할 수 있습니다. 주로 사용자 관리를 담당하는 메뉴입니다. 그중에서 교사와 학생들을 초대할 수 있는 기능이 있습니다. '초대' 기능을 교사에게 적용하면 클래스룸 수업에 일종의 부담임을 두는 효과를 거둘 수 있습니다. 초대를 받은 공동 교사는 '학급 삭제' 기능을 제외하면 담당 선생님과 동일한 권한을 가지고 작업할 수 있습니다. 이 경우 초대하려는 교사의 계정이 선생님의 계정과 같은 유형이어야 합니다. 클래스룸을 운영하는 선생님의 계정이 개인 계정이라면 초대받는 선생님 역시 개인 계정이어야 합니다. 혹은 교육용 지스위트 계정이어도 같은 도메인의 계정이어야 초대장을 보낼 수 있습니다.

그림 2-54 공동 교사 초대 기능

학생을 초대할 수 있습니다. 학생이 클래스룸 초대 링크를 분실했거나 재발송을 요구하는 경우 [사용자] 탭에서 '학생 추가'를 클릭하여 해당 링크를 재발송할 수 있습니다.

그림 2-55 학생 초대 기능

보호자를 초대할 수 있습니다. 학생마다 [보호자 초대]를 클릭한 후 해당 보호자의 이메일 계정을 추가할 수 있습니다. 이 경우 학부모 계정이 구글의 개인 계정이거나 네이버와 다음 등의 이메일 계정이어도 등록됩니다. 이메일을 입력하면 해당 학부모에게 이메일로 초대 수락 여부를 묻는 메일이 발송됩니다. 학부모가 메일을 확인하고 수락을 누르면 학생의 클래스룸 활동 요약(학생이 아직 제출하지 않은 누락된 과제물, 발송 시점을 기준으로 마감이 임박한 과제물, 최근에 교사가 게시한 공지사항, 과제, 질문 등의 수업 활동)을 이메일로 받을 수 있습니다. 이때 이메일 요약을 받는 주기(매일, 매주)를 설정할 수 있습니다.

그림 2-56 보호자 초대 기능

클래스룸은 학생과 소통하는 기능으로 쪽지가 아닌 이메일을 이용합니다. 학생 계정 오른쪽에 나타나는 메뉴 아이콘을 클릭하면 '학생에게 이메일 보내기' 기능이 활성화됩니다. 또한 보호자 초대가 된 학생 계정의 경우 '보호자에게 이메일 보내기' 기능도 활성화됩니다. 이메일 보내기를 누르면 구글의 이메일 서비스인 Gmail 창으로 이동합니다. 가정과 학교가 서로 소통할 수 있는 도구로 이메일을 활용한다는 점에서 클래스룸의 특징을 살펴볼 수 있습니다.

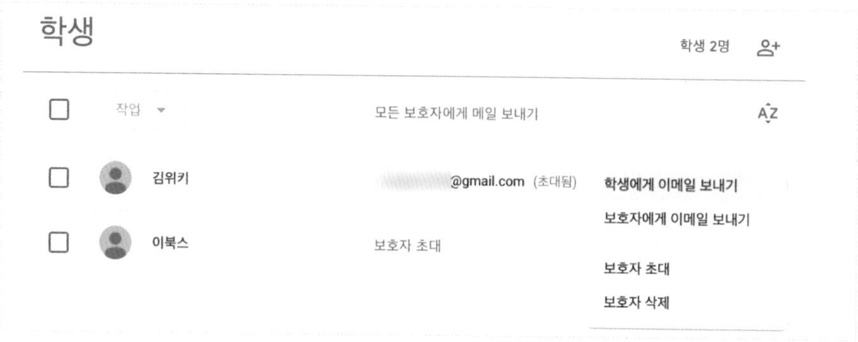

그림 2-57 학생과 학부모에게 이메일 보내기

2-3 클래스룸으로 시작하는 과정 중심 평가

클래스룸의 핵심 기능이 바로 '과제 배부'와 '평가' 기능입니다. 특히 '평가' 기능은 선생님이 학생의 과제 제출 상황을 한눈에 확인할 수 있고 채점도 바로 기준에 맞춰 할 수 있다는 장점이 있습니다. 클라우드 서버인 구글 드라이브에 모든 자료가 자동으로 저장되기 때문에 선생님 입장에서도 평가와 관련한 수고가 덜합니다.

앞서 우리가 클래스룸 메뉴를 살펴보면서 학생들에게 배부한 [질문]과 [과제], [퀴즈 과제]가 있습니다. 총 3개의 평가를 학생에게 배부했습니다. 학생 입장에서 이러한 [질문]과 [과제], [퀴즈 과제]를 해결하는 과정을 살펴보겠습니다. 그리고 다시 선생님 입장에서 학생이 제출한 자료를 채점하고 댓글을 달아주는 등의 피드백 과정을 살펴봄으로써 클래스룸 평가 기능을 알아보겠습니다.

학생 입장에서 클래스룸에 들어가면 선생님이 내준 과제는 어떻게 표시될까요? PC에서 클래스룸에 들어가면 [스트림] 탭과 [수업] 탭의 '내 과제 보기'를 통해 선생님이 내준 과제를 확인할 수 있습니다.

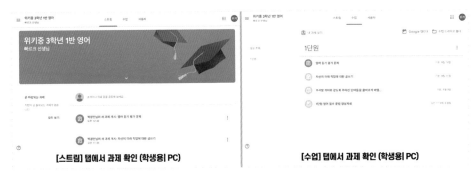

[스트림] 탭에서 과제 확인 (학생용| PC)　　　　[수업] 탭에서 과제 확인 (학생용| PC)

그림 2-58 과제 확인하기 (PC 클래스룸)

클래스룸 모바일 애플리케이션에서도 역시 PC 버전과 마찬가지로 [스트림] 탭과 [수업]
탭에서 과제를 확인할 수 있습니다. PC와 모바일 둘 다 처음에는 목록 형태로 과제가 제
시되는데, 과제를 클릭할 경우 세부 내용을 확인하는 화면이 나타납니다.

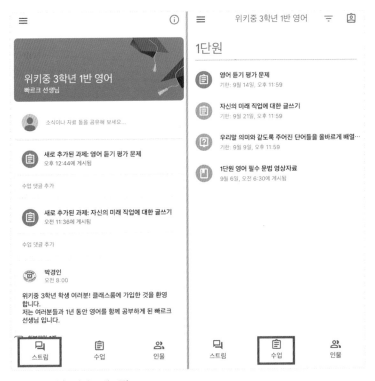

그림 2-59 과제 확인하기 (모바일 클래스룸)

학생 입장에서 선생님이 게시한 [질문]에 답변할 수 있습니다. 질문을 클릭하면 다음 그림과 같이 질문의 세부 내용을 확인할 수 있습니다. PC와 모바일 모두 질문을 확인하고 거기에 대한 답변을 [제출] 버튼을 통해 제출할 수 있습니다. 또한 댓글을 추가할 수 있습니다. 수업 댓글의 경우는 공개적인 댓글이라 다른 학생들도 볼 수 있지만, '비공개 댓글'의 경우는 선생님과 학생이 1:1로 서로 확인할 수 있는 댓글이라는 점에서 차이가 있습니다. 학생이 문제와 관련한 질문을 댓글을 통해 남기면 선생님이 질문에 대한 답변을 댓글을 통해 쉽게 달아줄 수 있습니다.

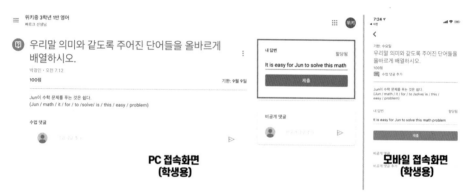

그림 2-60 학생 입장에서 질문에 답변하기

이번에는 교사 입장에서 학생이 제출한 과제를 확인해보겠습니다. PC로 클래스룸에 선생님 계정으로 접속하면 [성적] 탭이 나타납니다. [성적] 탭을 클릭하면 배부한 평가와 채점 현황을 확인할 수 있습니다. 평가 명을 클릭하면 학생별로 세부적인 평가 제출 내용을 확인할 수 있습니다.

그림 2-61 [성적] 탭에서 과제 제출 현황 확인

학생별로 질문의 문제를 확인하고 학생이 제출한 정답을 확인할 수 있습니다. 교사는 학생이 제출한 답을 보고 채점할 수 있습니다. 점수를 입력하는 방법은 간단합니다. 숫자 필드를 클릭한 후 점수를 입력하면 자동으로 저장됩니다. 단순하게 점수를 입력할 뿐만 아니라 '비공개 댓글'을 학생에게 남길 수도 있습니다. 이를 통해 간편한 방법으로 학생에게 피드백을 줄 수 있습니다.

그림 2-62 질문 채점과 비공개 댓글을 통한 피드백

[돌려주기] 기능을 통해 학생에게 채점한 과제를 돌려줄 수 있습니다. 점수를 입력하면 [돌려주기] 버튼이 활성화됩니다. 해당 버튼을 클릭하면 '비공개 댓글'을 입력할 수 있고 '돌려주기' 기능을 실행할 것인지를 묻습니다. '돌려주기'를 해야 학생이 자신의 점수를 확인할 수 있으니 채점을 완료한 후 채점한 학생들을 일괄 선택하고 '돌려주기' 기능을 실행합니다.

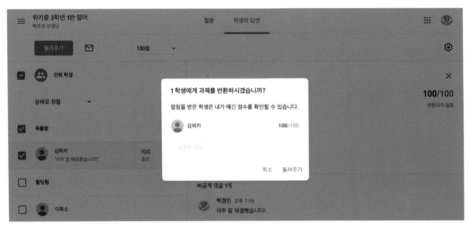

그림 2-63 과제 돌려주기 기능

이처럼 선생님이 돌려준 과제는 학생 입장에서 [수업] 탭 - [내 과제 보기]를 눌러 해당 과제를 클릭하여 과제 점수와 선생님이 남긴 '비공개 댓글'을 확인할 수 있습니다.

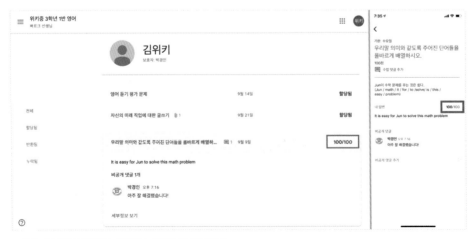

그림 2-64 학생 입장에서 과제 점수 및 피드백 확인하기

이번에는 선생님이 구글 문서로 내준 과제를 학생 입장에서 어떻게 해결하는지 살펴보겠습니다. 우선 PC 버전에서는 [수업] 탭에서 해당 과제 목록을 클릭한 후 [과제 보기]를 눌러 세부정보를 확인합니다.

그림 2-65 수업 탭에서 과제 보기

과제의 세부 내용을 확인할 수 있습니다. 선생님이 미리 입력한 과제 설명 내용이 학생들에게 다음 그림과 같이 보입니다. '평가 기준 펼침 버튼'을 누르면 '평가 기준'을 확인할 수 있습니다. 학생들 입장에서는 '평가 기준'이 명확하면 평가를 준비하는 데 도움이 될 것입니다. 오른쪽 사이드바를 보면 [내 과제]가 있습니다. 과제에 대해 학생별로 사본 제공 옵션을 줬기 때문에 학생의 이름이 각각 들어간 복사본 파일이 생성된 상태입니다. 주의할 점은 현재 과제는 미작성된 상태이기 때문에 그대로 [제출] 버튼을 누르면 백지를 내는 것과 똑같은 상황이 발생한다는 것입니다. 그렇기 때문에 '구글 문서'를 클릭하여 문서를 작성하는 화면으로 넘어가야 합니다.

그림 2-66 과제 작성 전 주의점

'구글 문서'를 클릭하면 자신의 구글 문서 작성 화면으로 넘어갑니다. 화면의 왼쪽 상단에서 문서의 이름을 확인할 수 있는데, 학생의 이름이 먼저 나오고 활동지명이 나옵니다. 선생님이 미리 만들어 놓은 활동지에 학생별로 사본이 생성된 것입니다. 그래서 학생이 문서를 작성해도 원본에는 아무런 영향을 끼치지 않습니다. 학생은 구글 문서 도구를 통해 쉽고 간편하게 활동지를 작성할 수 있습니다. 문서는 자동으로 클라우드에 저장되기 때문에 다 작성하고 난 후 '구글 문서' 창을 닫으면 됩니다.

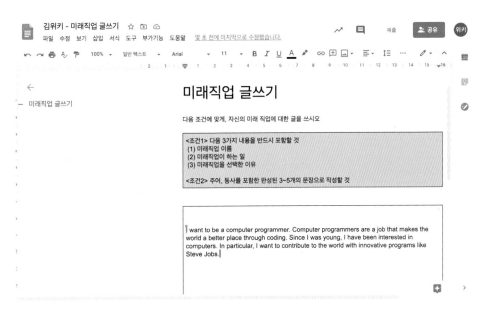

그림 2-67 구글 문서로 활동지 작성하기

다시 제출하는 화면으로 돌아옵니다. 학생에게 할당된 '구글 문서'의 내용이 채워진 상태입니다. 혹시 모르니 내 과제에 있는 '활동지'를 클릭해 보면 작성한 내용을 다시 확인할 수 있습니다. 이상 없음을 확인하고 [제출] 버튼을 눌러 선생님에게 작성한 활동지를 제출합니다.

그림 2-68 활동지 제출하기

모바일 버전에서 해당 과제를 어떻게 해결할 수 있는지 살펴보겠습니다. 모바일도 [수업] 탭에서 해당 과제를 클릭하여 세부 내용을 확인할 수 있습니다. 모바일 버전에서는 다음 그림과 같이 '내 과제' 부분을 위쪽으로 끌어올립니다. 그러면 '내 과제'를 확인할 수 있습니다. 여기서도 역시 바로 [제출] 버튼을 누르면 백지를 제출하게 되니 해당 구글 문서를 클릭하여 작성하는 화면으로 넘어갑니다.

그림 2-69 모바일 버전에서 과제 작성하기

문서를 클릭하면 해당 문서의 내용을 보여주는 뷰어 화면이 나타납니다. 이 화면 상단에 3가지 기능이 지원됩니다. '돋보기 모양의 아이콘'(🔍)을 누르면 특정 단어를 검색할 수 있습니다. 문서에 직접 글을 쓰기 위해서는 나머지 2가지 기능(✏️ ☑️) 중 하나를 선택하면 됩니다.

'연필 모양의 수정 아이콘'(✏️)을 누르면 스마트폰 화면에 바로 필기를 할 수 있는 형태로 글씨를 쓰거나 그림을 그릴 수 있습니다. 별도의 애플리케이션 설치 없이 바로 손이나 펜을 이용해서 쓸 수 있다는 장점이 있습니다. 작성이 모두 끝나면 해당 문서는 PDF 형태의 파일로 생성되어 첨부 파일 목록에 추가됩니다. 반면 '구글 문서에서 작성하는 아이콘'(☑)을 누르면 해당 스마트폰에 저장된 '구글 문서' 애플리케이션이 실행되어 구글 문서에서 해당 문서를 수정할 수 있습니다. 수정된 문서는 자동으로 클라우드에 저장되기 때문에 작성이 완료되면 다시 클래스룸으로 돌아와 과제를 제출하면 됩니다.

그림 2-70 모바일에서의 구글 문서 뷰어 화면

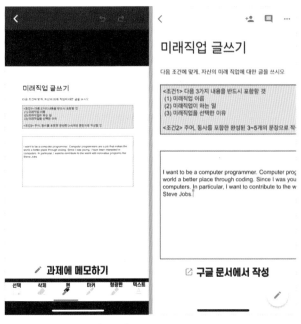

그림 2-71 클래스룸 구글 문서 과제 작성하기 (모바일)

03장

PC로
온라인 수업에 딱 맞는
동영상 만들기

"PC로 온라인 수업에 딱 맞는
동영상 만들기"

없으면
만들면 되죠.
최신규 선생님

온라인 수업을 위해 수업 영상을 만들려고 하면 수많은 난관에 봉착합니다. PPT로 수업 영상을 만들기 위해 직접 디자인하자니 막막하고, 그렇다고 인터넷에서 마음에 드는 디자인을 찾아보면 저작권이 불분명하여 사용하기에 난감한 경우가 있습니다. 우여곡절 끝에 마음에 드는 디자인을 찾아 PPT를 만들면 녹화 프로그램을 다뤄보지 않아 어떤 녹화 프로그램이 좋은지 찾아보고 사용 방법 또한 다 읽어봐야 하기 때문에 많은 시간이 필요합니다. 녹화 프로그램을 익혀서 녹화를 무사히 잘 마치고 나면 다음으로 필요한 것은 편집입니다. 녹화도 가까스로 했는데, 편집은 더 만만치 않습니다. 온라인 수업을 만들기도 전에 일련의 과정을 거치면서 이미 지쳐 수업 영상 만들기를 포기할 것입니다. 이번 장에서는 '프레젠테이션 제작–영상 녹화하기–영상 편집하기' 과정을 통해 온라인 수업 영상을 좀 더 쉽고 간편하게 만들 수 있는 방법을 설명하겠습니다.

" 요즘 감성 짚어주는
'미리캔버스' "

이과감성인
나에겐
디자인은 너무 어려워

3-1 요즘 감성 짚어주는 '미리캔버스(miricanvas)'

미리캔버스는 웹 기반의 무료 디자인 플랫폼으로 프레젠테이션, 카드 뉴스, 로고, 명함, 현수막 등의 템플릿을 제공하는데, 요즘 트렌드와 감성에 맞는 템플릿이 탑재돼 있습니다.

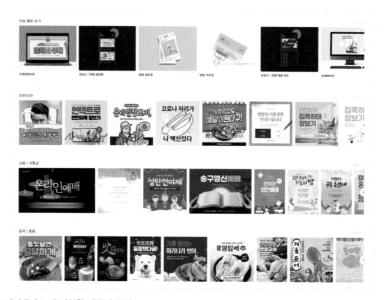

그림 3-1 미리캔버스 내 다양한 템플릿 양식

프레젠테이션 디자인은 그동안 디자인 감각이 있고 프로그램을 잘 다루는 사람들의 전유물이었으나, 지금은 미리캔버스 하나로 누구나 쉽게 제작할 수 있습니다. 학교에서는 미리캔버스를 이용해 개학 맞이 현수막을 제작하거나 코로나 예방 포스터를 제작하여 게시할 수 있고, 교실 환경미화 또는 수업자료, 가정통신문과 같은 인쇄물을 디자인 고수가 만든 것처럼 높은 퀄리티로 만들 수 있습니다.

미리캔버스 가입하기

우선 미리캔버스 공식 웹사이트에 들어가 회원가입을 해야 합니다. 인터넷 브라우저 창을 열어 '미리캔버스'를 키워드로 검색하거나 주소창에 https://www.miricanvas.com/을 입력해 웹사이트에 접속합니다.

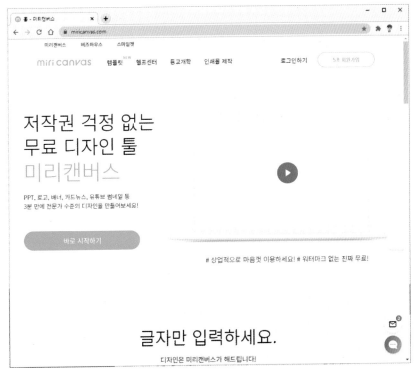

그림 3-2 미리캔버스 공식 사이트 (https://www.miricanvas.com/)

공식 홈페이지 오른쪽 상단에 '5초 회원가입'이라는 초록색 테두리 버튼이 있습니다. 그 버튼을 눌러 회원가입 창으로 이동합니다.

그림 3-3 화면 오른쪽 상단에 있는 5초 회원가입 버튼

회원가입 버튼을 누르면 이름, 이메일, 비밀번호의 3가지를 입력해 무료로 회원가입이 가능하며, 또는 화면 하단에 보이는 것처럼 구글, 페이스북, 네이버, 카카오 플랫폼 계정으로도 쉽게 가입할 수 있습니다. 계정이 있는 플랫폼 배너를 클릭하면 로그인 창이 나타나는데, 로그인하면 별다른 정보를 입력하지 않아도 쉽게 가입할 수 있습니다.

그림 3-4 무료 회원가입 창

처음 로그인하면 로그인 유지 여부 화면이 뜨는데, 개인 PC라면 편의상 로그인 상태를 유지하는 것이 좋지만 공용 PC에서는 유지하지 않는 것이 보안상 좋습니다.

그림 3-5 로그인 유지 창

요즘 감성으로 프레젠테이션 만들기

로그인하면 다음과 같은 '내 디자인 문서' 화면이 나타납니다. 화면 왼쪽은 내 디자인 문서와 템플릿 카테고리로 구분된 메뉴 창입니다. 그리고 가운데는 [새 문서 만들기] 버튼으로 화면이 구성됩니다.

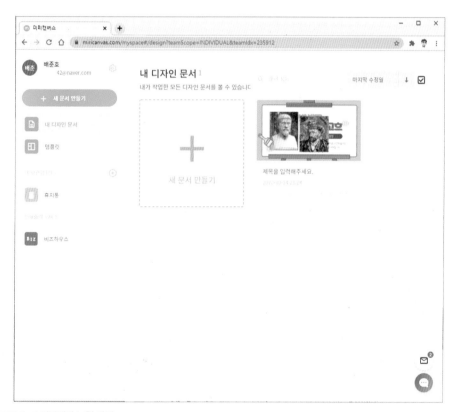

그림 3-6 미리캔버스 첫 화면

미리캔버스 로그인 직후 나타나는 내 디자인 문서 사이트에서 중앙에 위치한 초록색의 [새 문서 만들기] 버튼을 누르면 캔버스를 만드는 첫 화면이 나옵니다. 큰 카테고리를 보면 웹용과 인쇄용으로 구분됩니다. 개학, 졸업식 등의 각종 행사 현수막, 교내 포스터, 수업자료, 교실 환경미화 등 다양한 템플릿을 제공하니 목적에 알맞게 메뉴를 선택하여 제작하면 됩니다. 지금은 PPT로 제작할 것이므로 웹용에서 프레젠테이션을 선택합니다.

그림 3-7 미리캔버스 새 문서 만들기 화면

왼쪽 메뉴 중 프레젠테이션 전체 부분을 보면 다양한 템플릿을 제공합니다. 각 템플릿의 왼쪽 아래 숫자는 안에 포함된 슬라이드 개수입니다. "현대미술사 알아보아요" 템플릿을 클릭하여 디자인 페이지로 이동합니다.

그림 3-8 프레젠테이션 템플릿 선택

디자인 페이지로 이동하면 왼쪽에 다음과 같은 테마의 슬라이드 템플릿이 표시됩니다. 가운데 하단에 있는 '+' 아이콘을 눌러 슬라이드를 추가할 수 있습니다.

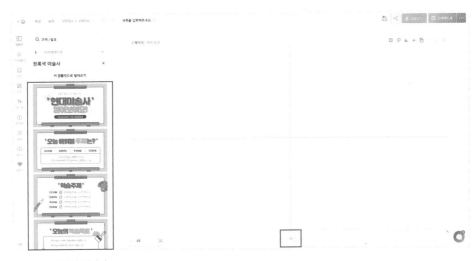

그림 3-9 디자인 페이지

첫 슬라이드에서 첫 번째 슬라이드를 클릭하면 슬라이드 화면에 곧바로 적용됩니다. 슬라이드에 있는 텍스트 부분을 클릭하면 폰트, 크기, 정렬, 투명도 등 텍스트의 스타일을 변경할 수 있습니다. 그 외에도 다양한 설정을 할 수 있으니 디자인에 알맞게 변경합니다.

그림 3-10 템플릿 적용하기

텍스트를 더블 클릭하면 텍스트의 내용을 변경할 수 있고 텍스트를 클릭하여 드래그하면 텍스트의 위치를 조정할 수 있습니다. 내용은 다음과 같이 적절하게 변경합니다.

그림 3-11 텍스트 변경하기

이미지를 추가하는 방법은 두 가지가 있습니다. 첫 번째 방법은 내가 저장한 이미지 파일을 사용하는 것입니다. 화면 왼쪽의 [업로드] 탭을 클릭하고 [내 파일 업로드] 클릭으로 PC에 있는 이미지를 추가할 수 있습니다. 두 번째 방법은 웹에서 이미지를 검색하여 추가하는 방법입니다. 이 기능을 사용하려면 [사진] 탭을 클릭합니다. 사진 탭을 클릭하면 [사진]과 [Pixabay]가 뜨는데, [사진]은 미리캔버스에서 제공하는 이미지들이고 [Pixabay]는 'Pixabay'라는 사이트에서 제공하는 오픈소스 이미지입니다. [Pixabay]를 클릭하고 검색창에 'Vincent van gogh'를 검색하여 이미지 자화상 작품을 클릭합니다. 이미지를 클릭하면 자동으로 이미지가 슬라이드에 추가됩니다.

그림 3-12 Pixabay에서 'Vincent van gogh' 검색하기

사진을 삭제하려면 원본 이미지를 클릭하면 왼쪽에 나타나는 이미지에 대한 옵션 중 [더
보기]를 눌러 [사진 빼내기]를 클릭한 후, 뺀 사진을 삭제(Delete) 키를 눌러 삭제하거나
[더보기] 위의 휴지통 아이콘을 눌러 삭제합니다.

그림 3-13 기존 이미지 빼내기

추가한 이미지를 클릭하고 기존 이미지가 빠진 도형 위로 드래그하면 자동으로 이미지가 삽입됩니다.

그림 3-14 이미지가 삽입된 장면

사진 메뉴 바로 밑에 있는 요소 메뉴는 각종 오브젝트를 추가하는 메뉴입니다. 그리고 텍스트 메뉴도 원하는 텍스트 스타일을 선택하여 입력할 수 있는 메뉴입니다. 요소 메뉴와 텍스트 메뉴는 원하는 것을 클릭만 하면 페이지에 자동 삽입되니 사용하는 데 크게 어려움이 없을 것입니다.

동영상 메뉴가 새롭게 생겼는데, 이 메뉴를 이용해 내가 가진 동영상을 업로드하거나 유튜브(YouTube)상의 영상을 페이지에 삽입할 수 있습니다. 원하는 유튜브 영상의 링크를 복사하여 URL 칸에 붙여넣기 한 후 [만들기] 버튼을 클릭합니다. 영상을 원하는 위치와 크기로 설정할 수 있습니다. 영상 추가 시 유의할 점은 삽입한 동영상은 미리캔버스 공유 뷰어와 슬라이드쇼에서만 재생할 수 있다는 점입니다.

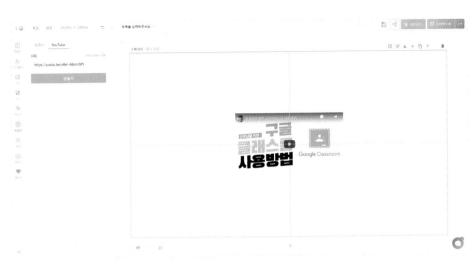

그림 3-15 동영상 삽입

메뉴 창의 '제목을 입력해주세요.'는 제목을 입력하는 부분입니다. 해당 텍스트를 마우스
로 클릭한 다음 '빈센트 반 고흐 알아보기'를 입력한 후 엔터(Enter) 키를 누르면 이름이
저장됩니다.

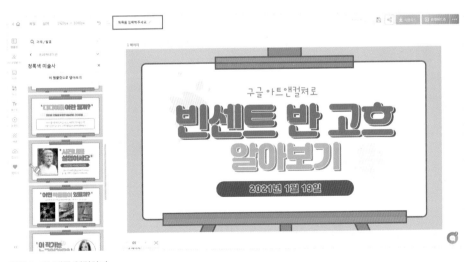

그림 3-16 제목 입력하기

완성된 프레젠테이션을 파워포인트 확장자로 저장할 수 있습니다. 오른쪽 상단의 [다운로드] 버튼을 누르면 파일 형식에 PPT가 있는데, 이것을 누르면 PPT로 다운로드받을 수 있습니다. PPT 옵션에서 텍스트 편집 가능 옵션을 선택할 수 있지만, 미리캔버스에서 사용했던 폰트가 PC에 없는 경우가 있어, 이런 경우에 텍스트에 적용된 스타일과 효과가 표현되지 않아 다시 미리캔버스에서 작업하고 다운로드하는 번거로움이 발생할 수 있습니다. 따라서 '개별 요소 이미지화'로 저장합니다. 저장할 때 저작권에 대한 동의 안내가 있는데, 수업 영상을 위한 자료를 만드는 것이기에 해당 사항은 없으나 반드시 읽어보고 동의합니다.

그림 3-17 PPT로 저장하기

'개별 요소 이미지화'는 각 개체를 이미지로 저장하는 것이기 때문에 다운로드하여 PC에서 파워포인트 프로그램으로 열었을 때 모든 개체를 이미지로 인식합니다. 따라서 텍스트나 이미지 수정이 안 되고 배치와 사이즈 조절만 가능하며 내용을 수정하기 위해서는 미리캔버스로 돌아가 수정하고 다시 다운로드해야 합니다.

그림 3-18 파워포인트 프로그램으로 열기

디자인 페이지 내 기능들

미리캔버스 디자인 페이지 화면 상단에는 파일, 설정, 해상도 등이 있습니다. 그리고 화살표 모양의 아이콘은 '실행 취소(Ctrl+z)'와 '다시 실행(Ctrl+y)' 버튼입니다.

그림 3-19 미리캔버스 메뉴 화면 1

그림 3-20 미리캔버스 메뉴 화면 2

❶ 디스켓 아이콘

'저장하기' 기능입니다. 작업 중간중간 저장해야 실수로 프로그램이 종료됐을 때 발생할 수 있는 불상사를 막을 수 있습니다. 클라우드 기반으로 웹에 저장되므로 용량 걱정을 하지 않아도 됩니다.

❷ **공유 아이콘**

'공유하기' 기능입니다. 다른 사람들에게 작업 중인 작업물을 공유하여 함께 보거나 댓글을 달아 피드백을 받을 수 있게 하는 기능이 있습니다.

❸ **인쇄물 제작 아이콘**

'인쇄물 제작'으로 내가 만든 작업물을 인쇄물로 주문 및 제작하는 기능입니다. 이 기능을 통해 명함이나 스티커, 현수막 등을 제작할 수 있습니다.

[공유] 아이콘을 클릭하면 다음과 같은 화면이 나옵니다. '디자인 문서 공개'를 활성화하면 url이 생성되는데, 이 링크로 현재 문서를 다른 사람들과 공유할 수 있습니다. '공유 링크 권한', '보기 설정', '좋아요/댓글 사용', '비밀번호 사용' 등의 기능도 있으니 살펴보고 필요한 경우 설정하여 사용합니다.

그림 3-21 공유하기

메뉴에서 파일 버튼을 누르면 새로운 문서를 만드는 [새 문서 만들기], 지금 만들고 있는 문서를 복제하는 [복사본 만들기]와 앞서 설명했던 [저장하기] 기능이 있습니다. [작업 내역]은 그동안 자동 저장된 내역을 보여줍니다. 특정 시간대에 저장된 문서로 되돌리고 싶을 때 이 기능을 사용할 수 있습니다. 되돌리기를 하면 현재 작업한 내역은 사라집니다.

따라서 원하는 작업 내역을 선택하여 사본을 만들어 작업하는 것이 좋습니다. [슬라이드쇼]는 파워포인트와 마찬가지로 작업한 문서를 슬라이드쇼로 볼 수 있습니다. [마이 스페이스]는 그동안 내가 작업했던 문서가 모여 있는 공간입니다.

그림 3-22 파일 메뉴 창

설정 창에서는 [다크 모드], [레이어], [눈금자 보기], [가이드선], [에디터 환경], [자동 저장]이 있습니다. 각 기능이 어떤 역할을 하는지 살펴보겠습니다. 그리고 설정에는 각 메뉴 옆에 단축키가 표시되어 있습니다. 단축키를 익히고 편집하면 좀 더 쉽게 작업할 수 있습니다.

그림 3-23 설정 메뉴 창

[다크 모드] 기능을 활성화하면 흰색 위주의 밝은 테마에서 어두운 테마로 변경됩니다. 흰색 위주의 테마로 눈에 피로가 느껴진다면 [다크 모드]를 활성화하여 눈의 피로를 줄일 수 있습니다.

그림 3-24 다크 모드 활성화

[다크 모드] 밑에 [레이어] 기능이 있는데, '레이어'란 각 이미지의 층을 의미하는 것으로, 가상의 투명 필름을 씌워 다른 레이어의 이미지를 보호하며 작업할 수 있는 층을 의미합니다. 이해하기 쉽게 예를 들자면, OHP 필름에 각각의 그림을 그려 합치는 구조로 이해하면 됩니다. 다음 그림의 개체 하나하나가 OHP 필름에 쓰고 그린 그림이라고 생각하면 이해하기 쉽습니다. [레이어] 기능을 활성화하면 각 레이어를 재배치할 수 있고 레이어 이름을 변경할 수 있으며, 자물쇠 버튼을 클릭하면 해당 레이어를 수정하지 못하게 할 수 있습니다.

그림 3-25 레이어 기능 활성화

[눈금자 보기]를 활성화하면 슬라이드 부분에 가로, 세로 눈금자가 생성됩니다. 이 기능을 통해 해당 개체의 위치를 정확하게 알 수 있습니다.

그림 3-26 눈금자 보기 기능 활성화

[가이드선]에서 [가이드선 보기]를 활성화하면 다음과 같이 가로와 세로에 '하늘색 가이드선'이 생성됩니다. 가이드선에 마우스 커서를 올리면 가이드선을 이동할 수 있습니다. 하지만 작업하다 보면 실수로 가이드선을 이동시키는 경우가 발생할 수 있는데, 이를 방지하기 위해 [가이드선 잠금] 기능이 있습니다. [가이드선 잠금]을 하면 가이드선이 더 이상 이동하지 않습니다. [가이드선 초기화]는 가이드선을 이동하여 작업하고 다시 초기 위치로 되돌릴 때 사용하는 기능입니다.

그림 3-27 가이드선 기능

[에디터 환경]에는 [스냅 가이드], [편집영역만 보기], [좌측 리스트 방식]이 있습니다. [스냅 가이드] 기능은 이미지, 텍스트 등의 개체를 이동할 때 기준선을 표시하고 그에 맞춰 이미지를 정렬해주는 기능입니다. [스냅 가이드] 기능이 활성화되어 있으면 자주색 선으로 가이드가 표시됩니다.

그림 3-28 스냅 가이드 기능 활성화

[편집영역만 보기] 기능은 슬라이드에만 이미지를 보여주는 기능으로, 실제 다운로드되는 영역을 알 수 있습니다. 이 기능을 비활성화하면 실제 다운로드되는 장면 외의 이미지도 표시됩니다. [요소 사이즈 입력]은 각 오브젝트의 사이즈를 숫자로 입력하여 조절할 수 있는 기능입니다. 이것을 활성화하면 좀 더 미세한 사이즈 조절까지 가능합니다. [좌측 리스트 방식]에는 스크롤과 페이지가 있는데, 소스 리스트를 스크롤하며 볼 것인지, 페이지를 넘기며 볼 것인지를 설정하는 메뉴입니다.

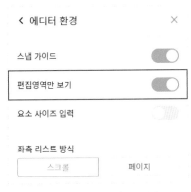

그림 3-29 [편집영역만 보기] 비활성화

미리캔버스 왼쪽 상단에 있는 내 계정 옆 톱니바퀴 아이콘을 통해 몇 가지 설정을 변경할 수 있습니다.

그림 3-30 설정하기 버튼 위치

[설정] 버튼을 누르면 '나의 정보'와 '로그인 기기 관리' 메뉴 탭이 나타나는데, '나의 정보' 메뉴에서는 이름과 비밀번호를 변경할 수 있습니다.

그림 3-31 미리캔버스 나의 정보 관리 메뉴

'로그인 기기 관리'에서는 현재 접속된 PC나 모바일을 강제로 로그아웃할 수 있습니다. 현재 사용하지 않는 PC와 모바일을 이 메뉴에서 로그아웃하여 보안을 유지합니다. 다크 모드는 밝은 테마에서 어두운 테마로 바꿀 수 있는 기능입니다.

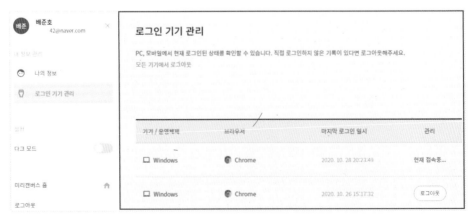

그림 3-32 미리캔버스 로그인 기기 관리 메뉴

" '캡츄라'로 들리고 보이는
    모든 것 녹화하기 "

➤ PPT + 영상 +
선생님 목소리를
하나로 뚝딱?
따라하세요

3-2 '캡츄라(captura)'로 보이는 모든 것 녹화하기

컴퓨터 화면을 직접 녹화하고 싶은데 어떤 녹화 프로그램이 있는지 잘 모르겠고, 프로그램은 찾았지만 설정할 것과 사용 방법이 너무 복잡해서 녹화를 포기하는 경우가 있습니다. 결국 스마트폰 카메라 동영상 모드로 직접 모니터를 촬영해 볼까 라는 생각까지 하게 됩니다. 캡츄라(captura)는 다른 녹화 프로그램보다 설정하는 방법이나 사용 방법이 간단해서 누구나 쉽게 컴퓨터 화면에 보이는 모든 것을 녹화할 수 있습니다. 지금부터 캡츄라(captura)라는 녹화 프로그램을 이용하여 쉽게 녹화하는 방법을 익혀보겠습니다. 캡츄라(captura)는 Windows 전용 프로그램으로, Mac에서는 사용할 수 없습니다.

캡츄라 다운로드 및 설치하기

캡츄라 프로그램을 다운로드하려면 웹사이트에서 'Captura'로 검색하여 접속하거나 주소 (https://mathewsachin.github.io/Captura/)를 입력하여 캡츄라 사이트로 이동합니다. 사이트 중앙에 파란색으로 [Download] 버튼이 있습니다. [Download] 버튼을 누릅니다.

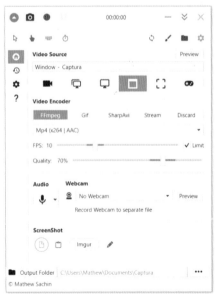

그림 3-33 캡츄라 다운로드 위치

[Download] 버튼을 누르면 'Setup'과 'Portable' 중 선택하여 다운로드할 수 있는데, 'Setup'은 PC에 직접 설치하는 파일이고 'Portable'은 별도의 설치 없이 바로 실행해 사용할 수 있는 파일입니다. 편의상 설치하지 않고 이용할 수 있는 'Portable'로 설명하겠습니다. 참고로 현재 사용하는 프로그램은 영문판이지만, 포털사이트에서 검색하면 한글판도 쉽게 구할 수 있습니다.

Captura v8.0.0

Setup
Installs Captura on your system.
Download

Portable
Portable version does not need to be installed. Just extract the zip file and you are good to go.
Download

그림 3-34 Setup과 Portable 선택 화면

캡츄라 기본 설정하기

다운로드받아 압축을 풀면 폴더 안에 'captura'라는 실행 파일이 있습니다. 파일을 실행하면 다음과 같이 에러 화면이 뜨는데, 이는 키 설정이 되지 않았다는 알림으로 무시하고 [OK]를 누릅니다.

AN ERROR OCCURRED

Failed to Register Hotkeys

The following Hotkeys could not be registered:
Other programs might be using them.
Try changing them.

ScreenShot - PrintScreen

OK

그림 3-35 캡츄라 오류 화면

[OK] 버튼을 클릭하면 그림 3-36과 같은 화면이 나타납니다.

그림 3-36 캡츄라 프로그램 녹화 화면 설정

먼저 'Video Source'에 표시된 아이콘의 기능을 왼쪽부터 차례대로 설명하면 ❶[오디오만 녹음], ❷[전체화면 녹화], ❸[특정화면 녹화], ❹[특정 창(프로그램) 녹화], ❺[선택부분 녹화], ❻[게임 녹화] 기능입니다. 듀얼 모니터를 사용하는 환경이라면 그림 3-37을 살펴보면 녹화 기능별 차이점을 이해하기 쉽습니다. [전체화면 녹화]를 사용할 경우 두 모니터의 화면을 녹화할 수 있습니다. [특정화면 녹화]는 특정 모니터 화면만 녹화하는 기능입니다. [특정 창 녹화]는 모니터 화면 전체를 녹화하는 것이 아니라 특정 프로그램만 녹화하는 기능입니다. 그리고 [선택부분 녹화]는 녹화하고 싶은 영역을 지정하여 녹화할 수 있는 기능입니다. 여기서는 그중 [특정화면 녹화]를 설명하겠습니다.

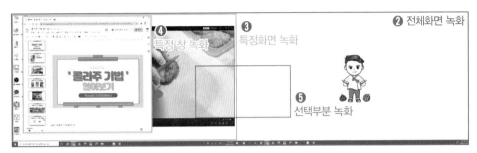

그림 3-37 각 녹화 기능별 차이

'Video Encoder' 부분에는 크게 5가지 메뉴가 있습니다.

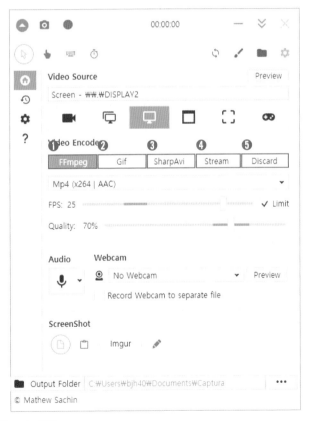

그림 3-38 Video Encoder 종류

❶ FFmpeg

녹화되는 영상을 MP4 형식으로 저장하는 메뉴입니다. 화질 대비 영상 압축률이 효율적이어서 주로 쓰이므로 사용하기에 적합합니다.

❷ Gif

녹화되는 영상이 아닌 Gif 형식으로 저장하는 메뉴입니다. 주로 인터넷이나 SNS 등에서 자주 볼 수 있는 '움짤[1]'을 만들 때 씁니다.

❸ SharpAvi

녹화되는 영상을 Avi 형식으로 저장하는 메뉴입니다. 화질은 우수한 편이지만, 영상으로 저장했을 때 영상 용량이 커서 사용하기에 적합하지 않습니다.

❹ Stream

Twitch나 Youtube 등에서 라이브 방송을 할 때 쓰는 메뉴입니다. 컴퓨터 화면을 라이브로 송출하는 데 이 메뉴를 사용합니다.

❺ Discard

영상을 녹화하기보다는 녹화 목록 중간에 텍스트 형식의 파일을 생성하고 컷을 분리하여 구분하는 데 쓰입니다.

여기서는 [FFmpeg]로 설정하겠습니다. 그리고 FPS와 Quality를 조절할 수 있는데, FPS는 'Frame Per Second'의 약자로 초당 프레임 수를 나타냅니다. 쉽게 생각하면 영상은 1초 안에 여러 장의 사진으로 구성되는데, 1초 안에 들어간 사진이 많을수록 영상이 더 부드럽고 반대로 사진이 적으면 영상이 끊깁니다. 대략 25FPS 정도면 끊김 없이 볼 수 있는 수준입니다. 'Quality'는 영상의 품질을 조절하는 것으로, 품질에 따라 녹화 영상의 용량이 달라집니다. Quality 값도 70%로 합니다. 현재 설정값으로 녹화해 보고 녹화 중 컴퓨터가 상당히 느려지는 등의 이유로 녹화하기 어렵다면 FPS 값과 Quality 값을 조절해야 합니다.

---

1   주로 인터넷상에서 움직이는 사진이나 그림, 동영상 따위를 이르는 말.

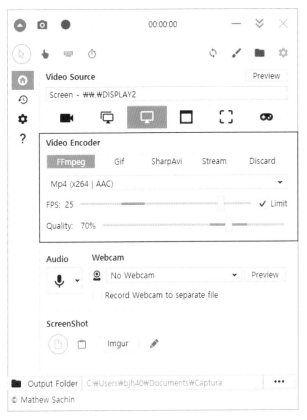

그림 3-39 Video Encoder 설정

'Audio'는 녹음 기능을 활성화할 수 있는 부분입니다. 컴퓨터의 소리만 녹음하고 싶다면 컴퓨터 소리 출력 부분(스피커)만 체크하고, 직접 마이크로 녹음하려면 마이크 체크 박스에 체크합니다. 여기서는 컴퓨터 소리 출력과 마이크에 체크해 활성화하겠습니다.

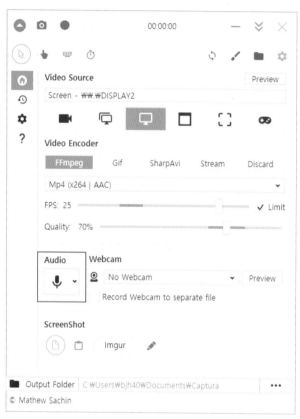

그림 3-40 Audio 설정

'Webcam' 기능도 있는데, 웹캠으로 녹화를 병행하고 싶다면 [No Webcam] 부분을 클릭하여 지금 사용 중인 웹캠으로 선택하면 됩니다. 그러면 오른쪽 상단에 웹캠으로 녹화되는 화면이 활성화되어 웹캠이 정상적으로 작동하는 것을 확인할 수 있습니다. 웹캠으로 녹화되는 장면을 조금 더 큰 화면으로 확인하고자 한다면 [Preview]를 클릭합니다.

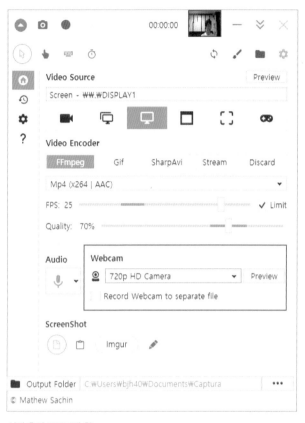

그림 3-41 Webcam 설정 후의 프로그램 창

사용하기 전에 녹화되는 웹캠의 크기와 위치를 설정해야 합니다. 왼쪽의 톱니바퀴 아이콘(설정)을 클릭한 뒤 [Overlay]를 클릭합니다. 그리고 'Webcam' 탭을 클릭하여 웹캠 설정 창으로 이동합니다.

그림 3-42 Webcam 세부 설정

미리 보기 화면에 붉은색 창으로 웹캠이 있는 곳이 표시되는 것을 볼 수 있고, 왼쪽에는 'X축', 'Y축', 그리고 'Resize'와 'Opacity' 메뉴가 있는 것을 볼 수 있습니다.

X	웹캠의 위치 X 좌푯값입니다.
Y	웹캠의 위치 Y 좌푯값입니다.
Resize	체크 박스를 체크하면 수치를 입력하여 이미지의 크기를 조절할 수 있습니다.
Opacity	웹캠의 투명도를 조절합니다.

'X축', 'Y축'의 수치를 조절해서 웹캠의 위치를 조정하기보다는 붉은색 부분을 마우스로 드래그하여 원하는 부분으로 옮기는 것이 더 쉽습니다. 여기서 중점적으로 봐야 할 부분은 바로 'Resize' 부분입니다. 'Resize' 체크 박스를 활성화하면 웹캠의 크기를 조절할 수 있습니다. 초기 세팅 값은 '320x240'입니다. 이 비율은 4:3으로 현재 우리가 사용하는 비율과 맞지 않습니다. 그래서 16:9 사이즈로 변경해야 하므로 값을 '480x270'으로 변경합니다. 그보다 웹캠 화면을 더 작게 하거나 더 크게 하고 싶다면 16:9 비율을 유지하면서 수치를 조정합니다. 계산이 어렵다면 다음 표에 있는 수치를 활용합니다.

320x180	400x225	480x270	560x315	640x360

영상을 녹화하기 전에 필수로 해야 할 일이 있는데, 바로 녹화를 위한 코덱을 다운로드 받는 일입니다. 코덱이란 동영상에 있는 영상과 음성을 컴퓨터가 처리하고 재생해서 볼 수 있게 해주는 일종의 소프트웨어입니다. 왼쪽의 '톱니바퀴' 아이콘을 클릭합니다. 중앙에 다시 톱니 모양 아이콘의 [Configure]가 있는데, 이를 클릭합니다. 메뉴 중 제일 마지막에 'FFmpeg'가 있는데, 그것을 클릭하여 해당 메뉴로 이동한 후 [Download FFmpeg] 버튼을 클릭하여 다운로드 및 설치를 진행합니다.

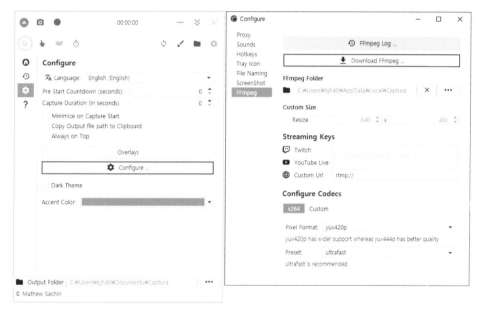

그림 3-43 Configure 및 Download FFmpeg 위치

그림 3-44 녹화, 정지, 일시정지 및 녹화 파일 저장 경로

❶ 영상 녹화

영상을 녹화하는 버튼입니다.

❷ 녹화 정지

영상 녹화를 정지할 때 사용하는 버튼입니다.

❸ 영상 녹화 일시 정지

영상 녹화를 일시 정지할 수 있는 버튼입니다. 다시 눌러 녹화를 재개할 수 있습니다.

❹ 녹화 파일 저장 위치

현재 녹화 중인 영상의 저장 위치입니다. [Output Folder] 버튼을 누르면 해당 경로의 폴더로 윈도우 탐색창을 띄워줍니다.

❺ 파일 저장 위치

저장 위치 오른쪽에 있는 […]을 클릭하면 파일이 저장되는 위치를 변경할 수 있습니다.

이렇게 해서 수업 녹화를 위한 기본 세팅은 끝났습니다. 붉은색 '녹화' 버튼을 눌러 선생님만의 수업을 녹화해보세요.

캡츄라 추가 설정 방법

캡츄라에는 이 외에도 녹화에 도움이 될 만한 설정들이 있습니다. 왼쪽 톱니바퀴를 눌러 들어가면 [Configure(설정)] 위에 [Overlays] 버튼이 있습니다. 이를 클릭합니다.

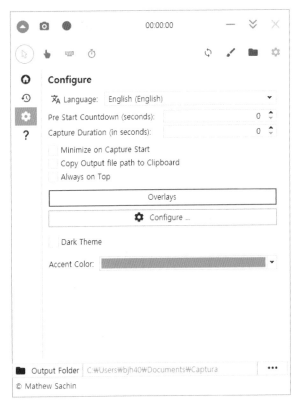

그림 3-45 [Overlays] 버튼

[Overlays]에는 'Keystokes(키 입력)', 'Mouse(마우스)', 'Webcam(웹캠)', 'Elapsed(시간)', 'Censor(검열)', 'Text(글자)', 'Images(사진)' 메뉴가 있습니다. 그중 우리가 수업 영상을 촬영할 때 유용하게 쓸 만한 설정에 관해 설명하겠습니다.

Keystokes	녹화 중 키보드 자판으로 입력한 키 값을 화면에 보여주는 기능을 설정합니다.
Mouse	녹화 중 마우스의 기본 옵션들을 설정할 수 있습니다.
Webcam	웹캠의 위치 등을 설정합니다.
Elapsed	시간 타이머의 기능을 설정합니다.
Censor	영상 녹화 중 불필요한 부분을 가리는 일종의 가림막 기능으로 사용합니다.
Text	녹화 중의 자막 등을 설정할 수 있는 텍스트 설정 창입니다.
Images	타이틀 또는 로고 등 녹화 중 이미지를 삽입하여 설정할 수 있습니다.

'Mouse(마우스)'는 녹화된 영상에서 찾기 어려운 마우스 커서를 화면에서 보기 쉽게 포인터로 만들어줍니다. 이 기능을 활성화하려면 'Display' 체크 박스에 체크합니다. 각 설정에 대해 차례대로 설명하겠습니다.

Mouse Pointer	
Radius	포인터의 반지름 사이즈를 조절합니다. 값이 클수록 크기가 커집니다.
Color	포인터의 색상을 지정합니다.
Border	포인터 윤곽선을 생성합니다. 윤곽선 굵기와 색상을 선택할 수 있습니다.

Mouse Click	
Radius	클릭 시 포인터의 반지름 사이즈를 조절합니다. 값이 클수록 크기가 커집니다.
Color	클릭 시 포인터의 색상을 지정합니다.
Right Click Color	마우스 오른쪽 버튼 클릭 시 포인터의 색상을 지정합니다.
Middle Click Color	마우스 휠 클릭 시 포인터의 색상을 지정합니다.
Border	마우스 버튼 클릭 시 포인터 윤곽선을 생성합니다. 윤곽선의 굵기와 색상을 선택할 수 있습니다.

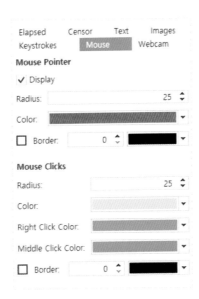

그림 3-46 Mouse(마우스) 설정

'Images'는 영상 내 이미지를 넣을 수 있는 기능으로, 로고 또는 날짜 등을 이미지로 삽입할 수 있습니다. [Add More]를 클릭하면 여러 개의 이미지를 추가할 수 있습니다. Webcam의 설정과 마찬가지로 이미지가 나타나는 부분이 붉은색 사각형으로 표시됩니다. 같은 색과 같은 도형이라서 구별하기 어려울 수 있으나, 자세히 보면 웹캠이 표시된 부분은 도형 안에 Webcam이라고 쓰여 있습니다. 이미지는 웹캠과 마찬가지로 사각형을 클릭한 뒤 드래그하면 이동할 수 있습니다.

Source	컴퓨터에 저장된 이미지를 불러옵니다.
X	이미지의 X 좌푯값입니다.
Y	이미지의 Y 좌푯값입니다.
Resize	체크 박스를 체크하면 수치를 입력하여 이미지의 크기를 조절할 수 있습니다.
Opacity	이미지의 투명도를 조절할 수 있습니다.

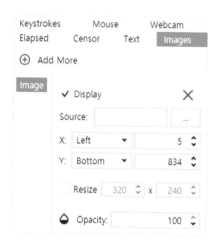

그림 3-47 Images 메뉴

FFmpeg 다운로드 실패 시 해결 방법

다음과 같이 다운로드에 실패하는 경우가 발생할 수 있습니다. 이 문제를 같이 해결해보겠습니다.

그림 3-48 FFmpeg 다운로드 실패

우선 https://ffmpeg.org에 접속합니다. 접속한 뒤 초록색의 [Download] 버튼을 클릭합니다.

그림 3-49 FFmpeg 다운로드 버튼

'Download FFmpeg' 메뉴 하단에 있는 'Get Packages & executable files' 메뉴에서 '윈
도우 로고'를 클릭합니다.

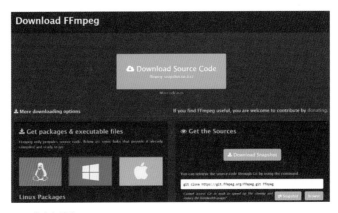

그림 3-50 Windows 패키지 선택

'Windows EXE Files'에서
'Windows builds from gyan
.dev'를 클릭하여 다운로드 사
이트로 이동합니다.

그림 3-51 EXE 파일 다운로드 위치

마우스 스크롤을 내리다 보면 'git' 메뉴에 'Links' 부분이 있습니다. 'ffmpeg-git-full.7z'로 끝나는 링크주소를 클릭하여 다운로드합니다. 해당 다운로드 링크는 사이트 개편 또는 버전 업데이트에 따라 사이트 메뉴 구성이 달라질 수 있으니 'ffmpeg-git-full.7z'를 키워드 삼아 찾아보면 됩니다.

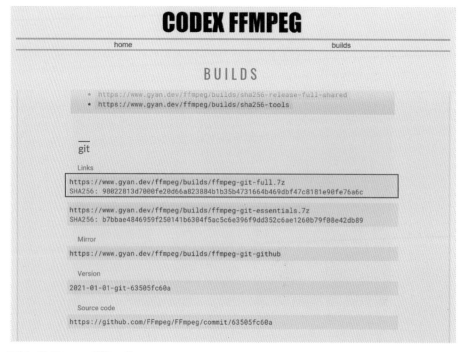

그림 3-52 FFmpeg 다운로드 링크

윈도우에서 다운로드 폴더로 이동합니다. 최초 다운로드 시 파일 저장 경로에 따라 다운로드 폴더가 아닌 다른 폴더(바탕화면 등)가 될 수 있음을 참고해주세요. 다운로드받은 압축 파일의 압축을 풀어줍니다. 압축을 풀기 위해서는 반디집 혹은 알집과 같은 압축 해제 프로그램이 있어야 합니다. 마우스 커서를 해당 파일에 올려두고 '마우스 오른쪽 버튼을 클릭하여 압축 풀기'를 실행합니다. 압축이 풀어진 폴더로 이동하여 'bin 폴더'로 이동합니다. bin 폴더 안에 있는 FFmpeg 파일에서 마우스 오른쪽 버튼을 클릭하여 복사합니다.

그림 3-53 다운로드 파일 압축풀기

다시 캡쳐라 프로그램으로 돌아와서 [Setting]-[Configure]-[FFmpeg] 순으로 이동합니
다. [Select FFmpeg Folder] 버튼을 클릭합니다. 이후 하단에 보이는 [Target Folder]를
클릭합니다.

FFmpeg Downloader	×
Download Progress: ///
Status: Ready
FFmpeg adds support for more output formats to Captura.
Latest build of FFmpeg is downloaded. This can also be used to update FFmpeg.
The Download size is nearly 30 MB.
Start Download
📁 Target Folder: C:\Users\Admin\Downloads\ffmpeg-2021-01-01-git-63505fc60a-full.t   •••

그림 3-54 Target Folder 위치

[Target Folder] 버튼을 클릭하면 윈도우 탐색기 창이 뜨는데, 여기에 앞에서 복사했던 FFmpeg 파일을 붙여넣기 합니다.

그림 3-55 복사한 FFmpeg 파일 붙여넣기

이후 캡츄라 메인 화면으로 돌아와 녹화 버튼을 클릭하면 정상적으로 녹화되는 것을 볼 수 있습니다.

캡츄라와 함께 활용할 수 있는 유용한 도구

캡츄라와 함께 활용할 수 있는 유용한 프로그램이 있습니다. 대표적으로 컴퓨터 화면을 판서할 수 있는 아이캔줌잇(ICanZoomit)이 있는데, Zoomit과 같은 프로그램으로 Zoomit의 한글 버전이라고 생각하면 됩니다. 아이캔줌잇을 다운로드하기 위해서 아이캔노트에서 운영하는 공식 네이버 카페(https://cafe.naver.com/icannote)로 이동합니다. 카페 회원 가입 후 아이캔줌잇 메뉴에 접속하여 가장 최신 버전을 다운로드받습니다.

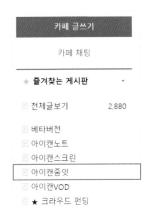

그림 3-56 ICanZoomit 게시판 위치

다운로드한 파일의 압축을 풀어 ICanZoomit 프로그램을 실행하면 다음과 같은
Windows의 PC 보호 창이 뜨는데, 추가 정보를 클릭한 뒤 [실행] 버튼을 누르면 바로 사
용할 수 있습니다.

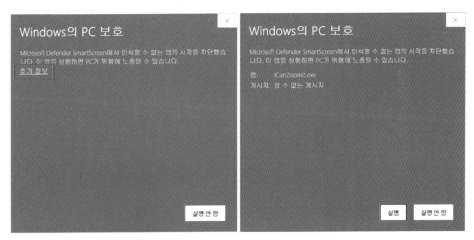

그림 3-57 Windows의 PC 보호 실행하기

컴퓨터 화면 오른쪽 맨 아래를 보면 다음 그림의 ❶과 같은 화살표 아이콘이 있는데, 이
를 클릭한 뒤 ❷와 같은 아이캔줌잇 아이콘을 더블 클릭합니다.

그림 3-58 ICanZoomit 실행하기

해당 아이콘을 더블 클릭하면 다음과 같은 사용자 설정 창이 나타납니다. 하단을 보면
'단축키 지정'과 '윈도우 시작 시 자동으로 실행'이 있는데, 이것으로 자신에게 맞는 단축
키 설정이 가능하며 윈도우가 시작되면 자동으로 실행되게 설정할 수 있습니다.

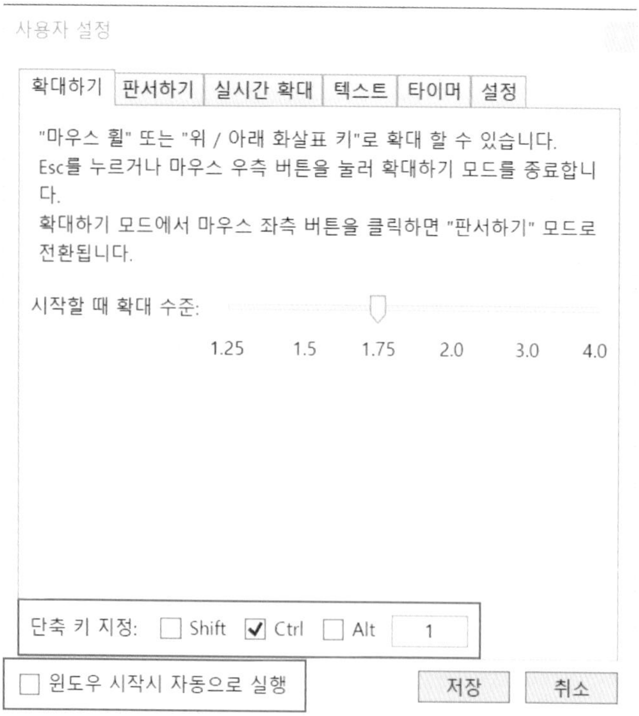

사용자 설정

| 확대하기 | 판서하기 | 실시간 확대 | 텍스트 | 타이머 | 설정 |

"마우스 휠" 또는 "위 / 아래 화살표 키"로 확대 할 수 있습니다.
Esc를 누르거나 마우스 우측 버튼을 눌러 확대하기 모드를 종료합니
다.
확대하기 모드에서 마우스 좌측 버튼을 클릭하면 "판서하기" 모드로
전환됩니다.

시작할 때 확대 수준:

1.25   1.5   1.75   2.0   3.0   4.0

단축 키 지정: ☐ Shift ☑ Ctrl ☐ Alt   1

☐ 윈도우 시작시 자동으로 실행   저장   취소

그림 3-59 ICanZoomit 기본 설정 창

지금부터 아이캔줌잇에 있는 각 메뉴를 살펴보겠습니다. 여기서는 각 메뉴가 어떠한 기능을 하는지 간략하게 설명했는데, 원활하고 효과적인 사용을 위해 프로그램 내 설명을 꼼꼼하게 읽어보기를 권장합니다.

확대하기	컴퓨터 화면을 확대하는 기능입니다. 중앙 확대 수준을 통해 확대 배율을 조정할 수 있습니다.
판서하기	마우스로 판서할 수 있는 기능입니다. 판서하기에 좋은 각종 단축키가 있습니다.
실시간 확대	앞의 확대하기는 확대만 가능하지만, 실시간 확대는 확대된 상태에서 모든 작업이 가능합니다.
텍스트	판서하기 모드에서 키보드 T를 누르면 활성화되며 글씨를 입력할 수 있습니다. 컴퓨터에 설치된 폰트로 변경할 수 있습니다.
타이머	시간 타이머 기능입니다. 타이머 시간을 설정할 수 있습니다.
설정	'펜 글씨를 부드럽게' 체크 박스를 활성화하면 활성화 이전보다 부드럽게 글씨가 쓰이게 할 수 있습니다.

" 영상 편집 '뱁믹스'
　　하나면 끝 "

저도
알고싶어요.
영상편집!...

3-3 영상 편집 '뱁믹스(Vapmix)' 하나면 끝

녹화된 영상을 편집하기 위해 영상 편집 프로그램을 찾아보면 유료인 경우도 있고, 때로는 불필요한 기능이 많아 편집하기가 까다롭습니다. 뱁믹스(Vapmix)는 Windows 전용 프로그램으로 영상을 누구나 쉽게 편집할 수 있게 직관적인 메뉴로 구성되어 있습니다. 프로그램 자체에서 편집에 필요한 기본 소스를 제공해 자막을 꾸미는 등의 시간이 필요하지 않습니다. 누구나 쉽게 편집할 수 있는 뱁믹스(Vapmix) 프로그램 하나로 영상 편집을 끝내 보겠습니다.

뱁믹스 다운로드 및 설치하기

뱁믹스 프로그램을 다운로드하기 위해서는 포털 사이트에서 '뱁믹스'를 검색하여 접속하거나 직접 주소(http://www.vapshion.com/vapshion3/download.php)를 입력하여 뱁믹스 사이트로 이동합니다. 뱁믹스 항목을 보면 붉은색과 흰색의 [뱁믹스 다운받기] 버튼이 있습니다. 이 중에 편한 것으로 다운로드하여 설치합니다.

그림 3-60 뱁믹스 사이트

뱁믹스를 설치하고 실행하면 다음과 같이 로그인 창이 뜨는데, 계정이 없다면 [가입] 버튼을 클릭하여 가입한 뒤 로그인합니다. 회원가입 절차는 간단한 편이니 쉽게 가입할 수 있을 것입니다.

그림 3-61 뱁믹스 가입하기

중앙에 붉은색 버튼으로 [사진·영상 열기]가 있는데, 이 버튼을 클릭하면 사진 또는 영상을 불러올 수 있습니다. 또는 프로그램에 영상이나 사진을 드래그 앤드 드롭하여 불러올 수 있습니다.

그림 3-62 사진·영상 열기

뱁믹스로 편집하기

이번 절에서는 뱁믹스를 활용한 기초적인 편집 방법을 알아보겠습니다. 영상 자르기, 화면 조절하기, 배경음악 넣기, 자막넣기를 차근차근 익혀보고 직접 실습해보며 기초를 튼튼하게 다질 수 있도록 합니다.

영상 편집하기

'영상편집'에 불러온 영상을 클릭한 다음 [자르기] 버튼을 클릭합니다.

그림 3-63 자르기 버튼

버튼을 클릭하면 동영상을 자를 수 있는 창이 나타납니다. 좌우 화살표 부분을 드래그하여 편집할 수 있는 영역을 지정합니다. 영역을 지정했다면 [자르기] 버튼을 누릅니다. 그러면 타임라인에 보이는 회색 부분만 남습니다. 화살표를 드래그하여 범위를 조정할 수 있고, 조금 더 미세하게 조정하려면 하단에 있는 '시작'과 '끝'에 있는 시각을 조정합니다. 또한 영상을 두 개로 분할하려면 [나누기] 버튼을 클릭합니다. [나누기] 버튼은 회색 타임라인 영역에서 나닙니다. 나눌 구간을 정하려면 가위 모양의 아이콘을 드래그해서 조정합니다.

그림 3-64 자르기 및 분할 기능

화면 조절하기

이번에는 [자르기] 버튼 옆에 있는 [화면 조절] 버튼을 클릭합니다. 이 기능을 통해 영상을 확대 및 축소할 수 있는데, 주로 화면에서 불필요한 부분을 제외하고 중요한 부분을 확대하여 보여줄 때 사용할 수 있습니다. 또한 '화면 회전' 기능을 이용하여 영상 원본이 뒤집혀 있거나 90도 세워져 있더라도 보기 편하게 회전할 수 있습니다.

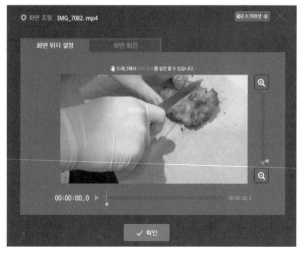

그림 3-65 화면 위치 및 회전 기능

배경음악 및 내레이션 넣기

[배경음악 · 필터효과]❶ 기능에 들어갑니다. 화면 오른쪽의 [배경음악]❷ 버튼을 클릭합니다. 그다음 [찾아보기…]❸ 버튼을 클릭하여 PC 내에 저장된 음악을 선택합니다. 배경음악의 볼륨이 너무 작거나 큰 경우에는 오른쪽의 배경음악 볼륨 수치를 조정하면 되고 배경음악이 영상에서 자연스럽게 시작되고 마무리될 수 있게 '페이드 인'과 '페이드 아웃'을 적용합니다.

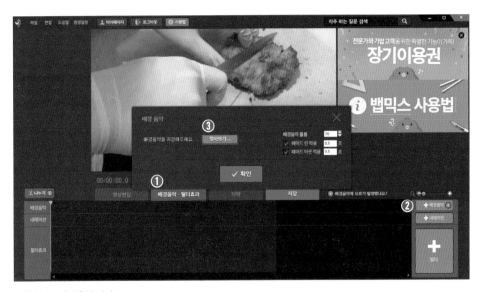

그림 3-66 배경음악 넣기

화면상 영상의 재생 길이가 너무 짧게 보여 편집하기 어려운 경우에는 [배경음악] 버튼 바로 위에 있는 돋보기 기능을 사용해 확대 및 축소할 수 있습니다. 또한 영상이 시작되고 나서 몇 초가 지난 후에 음악이 나오기를 원한다면 배경음악을 드래그해서 원하는 위치로 이동하여 조정할 수 있습니다.

배경음악 외에 내레이션을 추가하고 싶다면 [배경음악] 버튼 바로 밑에 있는 [내레이션] 버튼을 클릭합니다. 그러면 보는 것과 같이 [내컴퓨터]와 [녹음] 중에 선택하는 창이 나오는데, 이미 녹음해둔 파일이 있다면 [내컴퓨터]를, 지금 바로 녹음해서 추가할 것이라면 [녹음] 버튼을 눌러 녹음합니다.

그림 3-67 내레이션 추가 창

자막 넣기

'배경음악 · 필터효과' 옆에 있는 '자막' 탭으로 이동합니다. 프로그램의 왼쪽 메뉴는 다음 과 같이 구성됩니다. ❶번은 다양한 자막 스타일을 모아 놓은 일종의 카테고리입니다. '무료 자막' 카테고리 외에는 유료이므로 추후 필요할 때 결제하여 사용할 수 있습니다. '무료자막'을 선택하면 ❷번에서 ❶번 카테고리에 있는 자막들을 볼 수 있는데, 이 자막들은 무료 자막입니다. 다만, ❶번에서 무료 자막 외의 다른 자막들은 유료이므로 결재를 해야 사용할 수 있습니다. 다양한 스타일의 자막이 있으니 한번 살펴보세요. 원하는 자막에 커서를 가져가면 [넣기] 버튼과 [대체하기] 버튼이 생깁니다. 이때 [넣기] 버튼을 클릭하면 자막이 미리 보기 화면 위에 삽입됩니다.

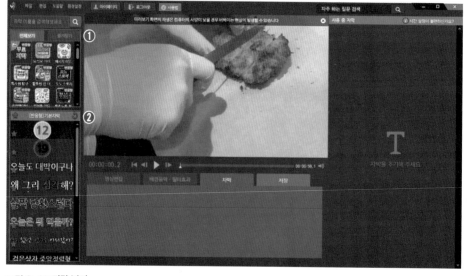

그림 3-68 자막 넣기

자막을 추가한 후 미리 보기 상의 자막을 클릭하면 자막이 점선으로 선택됩니다.

그림 3-69 자막 선택 화면

❶은 자막을 회전하는 기능입니다. ❷는 자막을 좌우 반전하는 기능입니다. ❸은 자막과 그 자막에 있는 배경을 그룹 분리하는 기능입니다. 만일 자막 뒤에 검은색 배경이 있다면 자막과 검은색 배경을 따로 분리할 수 있습니다. ❹는 자막을 삭제하는 기능입니다.

자막에 들어갈 문구를 수정하고자 할 때는 미리 보기에서 보이는 자막을 더블 클릭하여 영상에 들어갈 텍스트를 수정합니다.

그림 3-70 자막 기능

❶은 자막이 화면에 나타나는 시간을 직접 입력하여 지정할 수 있습니다. 또는 위아래 화살표를 이용하여 지정할 수도 있습니다. ❷는 자막의 시작과 끝에 들어갈 효과음을 넣을 수 있는 기능입니다. ❸은 자막의 시작과 끝에 애니메이션 효과를 넣을 수 있는 기능입니다. ❹는 텍스트 설정을 할 수 있는 곳으로, '스타일'은 텍스트의 스타일을 지정할 수 있고 그 외에 자간, 행간, 크기, 정렬, 글꼴 등을 지정할 수 있습니다.

뱁믹스 저장하기

뱁믹스에서 저장 형식은 크게 두 가지입니다. 하나는 '프로젝트 파일 저장'이고 또 하나는 '동영상 파일 저장'입니다. '프로젝트 파일 저장'은 그동안 영상 편집 작업 내역을 프로젝트 형식으로 저장하여 나중에 다시 이어서 편집할 수 있게 하는 기능입니다. '동영상 파일 저장'은 편집된 영상을 동영상으로 만들어 저장해주는 기능입니다.

뱁믹스에서 편집한 영상을 동영상으로 저장하려면 '저장' 탭으로 이동합니다. [프로젝트 파일 저장]과 [동영상 파일 저장]이 있는데, [동영상 파일 저장]을 클릭합니다. '저장 상세 설정' 창이 뜨는데, 일반적으로 '1280×720'보다는 '1920×1080'이 화질이 우수하지만, 후자의 경우 동영상 용량이 커진다는 단점이 있습니다. 기본으로 '1280×720'으로 해도 화질상 문제가 없기 때문에 그대로 두고 진행합니다. 용도 또한 '인터넷 업로드 (mp4)'로 설정한 뒤 [확인] 버튼을 클릭합니다.

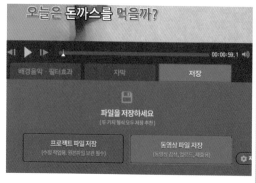
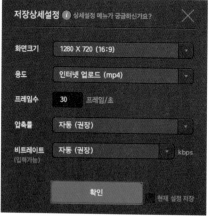

그림 3-71 동영상 파일로 저장하기

그 외 뱁믹스 기능들

다음은 영상 편집 시 사용할 수 있는 기본 단축키입니다. 프로그램 메뉴 상단에 있는 '도움말'에 들어가 보면 '단축키 안내' 탭이 있으니 그 외 다른 단축키가 궁금하다면 살펴보세요.

Ctrl + S	프로젝트 파일 저장
Space Bar	영상 재생 및 일시 정지
Alt + ←, Alt + →	영상 큰 단위 점프 (환경 설정-일반에서 단위 설정 가능)
Ctrl + ←, Ctrl + →	영상 작은 단위 점프 (1프레임)
Ctrl + V	클립보드에 복사된 이미지 붙여넣기
C	나누기
Esc	자르기, 시간 조절, 화면 조절 팝업 창 닫기

'영상 나누기'는 보통 필요 없는 구간을 삭제하기 위해 사용합니다. 이 기능은 앞서 설명한 '자르기' 메뉴에서도 수행할 수 있지만, 기본 편집 화면에서도 할 수 있습니다. 다음 그림의 ❶처럼 미리 보기 화면 바로 밑 타임라인 커서를 원하는 위치로 이동한 후 ❷에 있는 [나누기] 버튼을 클릭하거나 단축키 'C'를 누르면 영상이 나뉩니다. 앞에서 설명한 단축키를 이용하여 초 단위 또는 프레임 단위로 미세하게 나눌 수 있습니다.

그림 3-72 영상 나누기

영상마다 볼륨을 조절하거나 음소거를 할 수 있습니다. 편집 영상 섬네일 밑에 보면 다음 그림의 ❶과 같은 스피커 아이콘이 있는데, 이를 클릭하면 ❷와 같은 볼륨을 조절할 수 있는 창이 뜹니다. 여기서 게이지를 조절하여 볼륨을 조절할 수 있고 스피커 부분을 클릭하면 음소거를 할 수 있습니다.

그림 3-73 영상 볼륨 조절하기

영상 섬네일 위에 있는 달리는 모양의 아이콘을 클릭하면 영상의 속도를 조절할 수 있습니다. 예를 들어 10초의 영상이라면 100%는 기본 속도인 10초로 재생되고, 200%로 설정하면 영상이 2배 빠른 5초로 재생되며, 400%로 설정하면 영상이 4배 빠른 2.5초로 재생됩니다. 50%로 설정하면 두 배로 느린 20초로 재생됩니다.

그림 3-74 영상 속도 설정하기

이미지를 편집하는 경우 화면 조절을 들어가 보면 다음과 같이 영상 화면 조절과는 다른 메뉴 구성이 있습니다. 바로 '이동과 확대 축소 사용'인데, 이 기능을 활성화하면 이미지가 화면에 꽉 차며 이동하는 모습을 볼 수 있습니다. [시작 화면] 버튼을 클릭해서 처음 장면을 드래그와 확대/축소 기능을 이용해 설정하고, 마찬가지로 [끝 화면]을 클릭하여 마지막 장면을 설정할 수 있습니다. 이미지가 움직이지 않게 고정하고 싶다면 '이동과 확대 축소 사용'의 체크 표시를 해제합니다. 화면 회전 기능은 앞에서 설명한 영상 화면 조절에서의 기능과 동일합니다.

그림 3-75 이미지 화면 위치 설정

영상 순서가 잘못됐을 경우 쉽게 순서를 바꿀 수 있습니다. 편집 창에서 위치를 바꾸고 싶은 영상을 클릭하면 다음과 같이 해당 영상의 섬네일이 불투명해지는데, 이때 드래그하여 원하는 위치로 옮기면 됩니다. 또는 키보드의 'Page Up'과 'Page Down' 키를 이용하여 영상 순서를 바꿀 수 있습니다.

편집 화면 오른쪽에 [빈 화면] 버튼이 있는데, 이 버튼을 누르면 검은색 화면이 추가됩니다. 이 빈 화면을 삽입하고 그 위에 자막을 넣어 영상의 인트로와 아웃트로를 만들거나 같은 방법으로 음악의 가사나 내레이션 문구 등으로 활용할 수 있습니다.

그림 3-76 빈 화면 버튼 위치

영상과 영상 또는 영상과 이미지 사이에 [효과 없음] 버튼이 있습니다. 이는 화면 간 전환 효과를 주는 부분인데, [효과 없음] 버튼을 클릭하면 버튼이 [오버랩 효과]로 변경됩니다. 이 방법으로 화면 전환 효과를 삽입할 수 있습니다.

그림 3-77 효과 없음과 오버랩 효과

[스크린샷] 버튼은 현재 미리 보기의 화면을 사진으로 저장하는 기능입니다. 영상의 한 부분을 스크린샷 한 다음에 해당 영상을 나눕니다. 그다음 스크린샷으로 저장한 사진을 나눈 영상 사이에 삽입하면 영상이 멈췄다가 다시 재생되는 일종의 '일시 정지' 효과를 줄 수 있습니다.

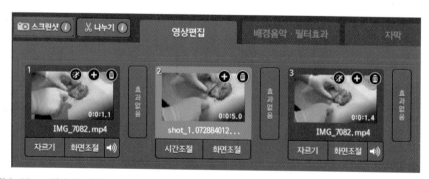

그림 3-78 스크린샷 기능 활용법

영상을 나누는 것처럼 음악 또한 구간을 나눌 수 있습니다. '배경음악' 바로 위 [나누기] 버튼을 클릭하여 나누거나 단축키 'C'를 눌러 원하는 구간의 음악을 나누기합니다. 그리고 원하는 구간에서 음악의 연필 아이콘을 클릭하여 음악의 볼륨을 조절할 수 있습니다. 이러한 기능으로 내레이션이 나오는 부분이나 대화가 있는 구간을 나누기하여 볼륨을 조절함으로써 내레이션이나 대화가 더 잘 들리게 할 수 있습니다.

그림 3-79 음악 자르기

배경음악 다운로드하기

뱁믹스에 넣을 만한 원하는 배경음악을 찾지 못해 고민스러운 경험이 있었을 것입니다. 이 고민을 한 번에 해결할 수 있는 사이트가 있습니다. 바로 Bensound라는 사이트인데, 이 사이트에 있는 음원은 모두 저작권이 풀려 있는 곡입니다. 하지만 저작권이 무료라고 하더라도 조건 사항이 있으니 음악을 다운로드받아 사용하기 전에 반드시 라이선스를 확인해야 합니다. 인터넷 주소 창에 'https://www.bensound.com/'을 입력하고 들어가면 Bensound 사이트로 이동합니다.

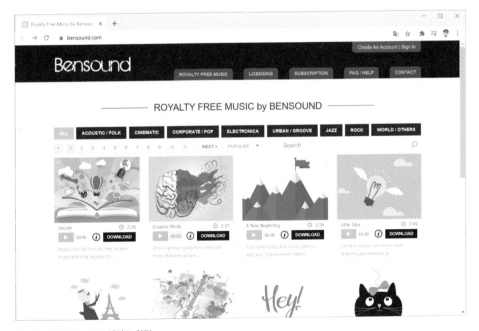

그림 3-80 Bensound 사이트 화면

섬네일 하단 재생 아이콘을 클릭하면 미리 듣기가 가능하고 원하는 곡을 찾았다면 검은
색 [Download] 버튼을 클릭합니다.

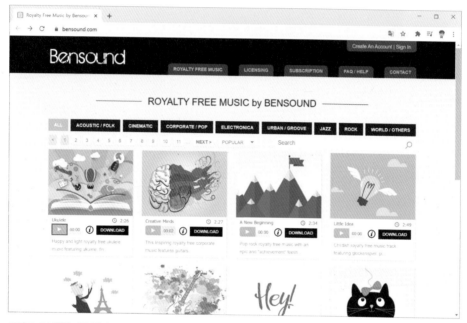

그림 3-81 음악 미리 듣기

버튼을 클릭하면 다음과 같은 창이 뜨는데, 이때도 검은색 [Download] 버튼을 클릭하여
음악을 다운로드받습니다. 다운로드받은 곡을 뱁믹스로 추가하여 영상의 배경음악으로
삽입할 수 있습니다. 사용하기 전 반드시 라이선스를 확인하세요.

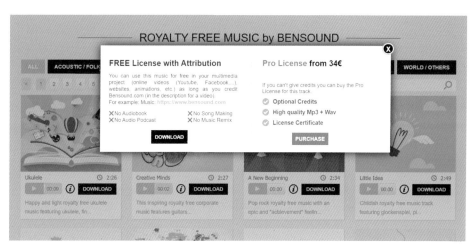

그림 3-82 음악 다운로드하기

지금까지 '미리캔버스', '캡쳐라', '뱁믹스'를 사용한 영상 콘텐츠 제작 방법을 알아봤습니다. 아주 기초적인 방법만 설명했으니 꾸준히 연습하고 응용해서 고퀄리티의 콘텐츠를 제작해보세요.

04장

스마트폰으로 누워서 동영상 뚝딱 만들기

" 스마트폰으로 누워서
   동영상 뚝딱 만들기 "

어쩌긴요,
컴퓨터가 없어도
스마트폰이 있잖아요.

남녀노소 누구나 스마트폰을 가지고 있습니다. 다들 가지고 있다는 생각 때문에 과소평가하지만, 스마트폰은 '손에 들고 다니는 PC'입니다. 스마트폰으로 콘텐츠 제작을 위한 촬영과 영상 편집도 할 수 있습니다. 많은 스마트폰 애플리케이션이 있지만, 이 책에서는 온라인 수업 콘텐츠를 제작하는 크리에이터들이 공통으로 사용하고 바로 활용할 수 있는 방법 위주로 알아보겠습니다.

"10초만에 만드는 전문가급 인트로 '멸치'"

아하학

요즘 대세는 역시 틱톡이지
웃긴 게 정말 많다니까

아하

혹시 틱톡영상을
수업 영상 시작 부분에
사용할 수 있지 않을까?
애들 관심 확 끌게!

히히 난 역시
참교사인 듯.
휴일에도
수업 생각이라니.

수업에
활용할만한
영상을
찾아보자

[몇 시간 후]

틱톡엔 역시
자극적인 것만
있는 건가.
교육적으로
활용할 게 없네.

수업에
쓸만하면서
재밌는거
어디 없나?

어디
있을까요?
다음 페이지에
있어요!

4-1 10초 만에 만드는 전문가급 인트로 '멸치'

멸치라는 앱에 대해 처음 들었을 때 해산물 등의 음식과 관련된 앱이 아닐까 생각했습니다. 하지만 다운로드 받아서 한번 사용해보면 이렇게 쉽게 영상을 만들 수 있구나 하는 신세계를 경험할 수 있습니다. 촬영한 동영상이나 사진, 그리고 문구만 있다면 몇 번의 터치만으로 누구나 쉽게 영상 전문가가 될 수 있습니다.

멸치 앱은 크게 초대장, 광고, SNS, 연애의 총 4개 카테고리로 구성되는데, 그 안에서 다시 영상과 이미지로 분류됩니다. 영상 제작이 목표지만, 굳이 영상이 아니더라도 간단한 홍보 이미지를 제작할 수 있는 훌륭한 앱입니다. 멸치는 애플스토어나 플레이스토어에서 '멸치'라고 검색하면 쉽게 다운로드 받을 수 있습니다.

멸치 앱 기본 구성 알아보기

멸치 앱을 실행하면 다음과 같은 메인 화면이 나타나는데, 화면 구성에 대해 알아보겠습니다.

그림 4-1 멸치 메인 화면

❶ 메뉴

로그인 기능과 함께 현재 제작 완료된 영상, 임시 저장 중인 프로젝트, 찜한 프로젝트를
확인할 수 있습니다.

❷ 검색

검색어, 카테고리(초대장, 광고, SNS, 연애), 종류(영상, 이미지)와 영상 길이의 조건으
로 필터링하여 원하는 템플릿을 검색할 수 있습니다.

❸ 추천 영상 템플릿

멸치에서 추천하는 영상 템플릿 5종을 보여주는 곳입니다. 그중 마음에 드는 템플릿이
있다면 중앙에 보이는 재생 아이콘을 클릭합니다.

❹ 카테고리 분류

초대장, 광고, SNS, 연애의 4개 카테고리로 분류하여 제작하는 목적에 맞는 것을 선택합
니다.

멸치 앱으로 쉽게 따라 만들기

실습하며 영상을 함께 만들어보겠습니다. 초대장, 광
고, SNS, 연애 카테고리 중 [광고]를 클릭합니다. [광
고] 버튼을 클릭하고 들어가 보면 다양한 템플릿이 리
스트로 나옵니다.

그림 4-2 템플릿 리스트

템플릿 리스트 메뉴 구성을 함께 살펴보겠습니다.

❶ 제목

템플릿의 제목을 나타냅니다.

그림 4-3 템플릿 메뉴 설명

❷ 재생 시간

템플릿 영상의 재생 시간을 나타냅니다.

❸ 필요 이미지 및 문구 수

영상을 제작하는 데 필요한 이미지 개수와 문구 개수를 표시합니다. 여기서는 현재 5개의 이미지와 12개의 문구가 필요한 템플릿인 것을 볼 수 있습니다.

❹ 동영상 만들기

원하는 템플릿으로 영상을 만들 때 쓰는 버튼입니다. 다만, 아이콘이 필름 형태라면 영상 템플릿이고 아이콘이 폴라로이드 사진 아이콘이라면 일반 포스터를 만드는 템플릿입니다.

'최신순'으로 템플릿이 정렬되어 있는데, 이를 '인기순'으로 변경해보겠습니다. 변경하면 다음과 같이 리스트가 인기순으로 나열됩니다. 그중 하단에 위치한 '여름맞이 컨셉 혁신광고'를 클릭합니다.

그림 4-4 인기순 정렬 및 템플릿 선택

해당 템플릿을 클릭하여 들어가면 필요한 문구가 9개
이고 영상 재생 시간이 15초인 것을 볼 수 있습니다.
그리고 하단의 '스틸컷'에서 템플릿이 어떻게 구성되는
지 제작하기 전에 미리 확인할 수 있습니다. 실습 영상
으로 이 템플릿을 활용할 것이므로 하단의 [영상 만들
기] 버튼을 클릭합니다.

그림 4-5 영상 템플릿 세부 설명

[영상 만들기] 버튼을 클릭하여 들어가면 다음과 같이
구성되는데, 제목은 입력하지 않아도 되고 01, 02, 03
과 같이 각각 이미지, 문구, 영상 등을 삽입할 수 있습
니다.

그림 4-6 템플릿 입력 방법

Scene 01~03까지 차례대로 구간이 나뉘어 있고 구간
별로 숫자와 숫자에 들어갈 문구를 입력하는 칸이 있
습니다. 다음과 같이 위치에 따라 적절한 문구를 입력
합니다. 입력이 끝났으면 하단의 [완료] 버튼을 클릭합
니다.

그림 4-7 Scene별 문구 입력

이어서 '한번 만들어볼까요?'라는 문구가 나오면 [확인]
버튼을 클릭합니다.

그림 4-8 만들기 확인 버튼

다음과 같이 영상이 제작된다는 문구가 뜨면 정상으로 영상이 제작되고 있다는 뜻입니
다. [확인] 버튼을 클릭하고 첫 화면으로 이동합니다.

그림 4-9 영상 제작 알림

보관함으로 이동하면 현재 제작 중인 영상과 완성된 영상을 확인할 수 있습니다. 보관함은 메인 화면 하단에 있으며, 왼쪽 상단 메뉴 아이콘을 클릭하여 완성된 영상이 '제작완료'에 뜨는 것을 확인할 수 있습니다.

그림 4-10 보관함 위치

그림 4-11 제작완료, 임시저장, 찜보관함

영상을 제작 중인 경우에는 보관함에 들어갔을 때 섬네일에 '제작중'이라는 문구가 뜨며, 예상 완료 시간이 나타납니다.

그림 4-12 제작 중 영상

영상 제작이 완료됐을 경우 섬네일에 '제작중' 문구가 사라지며, 예상 완료 시간 자리에 제작 완료된 영상이라고 문구가 뜨는 것을 볼 수 있습니다. 해당 영상 부분을 클릭합니다.

그림 4-13 제작 완료된 영상

영상 관리 메뉴로 이동하고, 일반화질과 고화질 영상 중 한 가지를 선택하여 다운로드하
거나 공유 아이콘을 클릭하여 공유할 수 있습니다.

그림 4-14 영상 관리 내 공유 및 다운로드 위치

공유는 SNS, 문자 등으로 가능하며, 다운로드 시에는 일반화질과 고화질 중 고화질로 다
운로드합니다. 다운로드한 영상은 사진첩 또는 갤러리에서 확인할 수 있습니다.

그림 4-15 공유하기 및 다운로드

" 폰 기본 카메라
200% 활용하기 "

걱정마세요,
우리 주머니에
카메라
하나씩 있잖아요.

4-2 폰 기본 카메라 200% 활용하기

전문가처럼 퀄리티 좋은 동영상을 만들려면 고급 장비가 필수일까요? 스마트폰 카메라를 사용해서 동영상을 만드는 전문가도 있다는 사실! 우리도 가지고 있는 스마트폰 카메라를 잘 활용하면 제법 훌륭한 동영상을 만들 수 있습니다.

기본 카메라 사전 준비

스마트폰으로 학습 영상을 촬영하기 위해 미리 준비해야 할 다섯 가지를 알아봅시다. 이것들만 잘 지켜도 스마트폰 기본 카메라를 100% 잘 활용할 수 있습니다.

첫째, 렌즈는 항상 청결하게!

스마트폰을 자주 사용하다 보면 나도 모르게 카메라 렌즈에 지문이나 이물질이 묻게 됩니다. 이러한 렌즈 위 얼룩은 사진/동영상 결과물의 심각한 화질 저하를 초래합니다. 촬영 전에 안경 닦이나 부드러운 천으로 스마트폰 후면 카메라의 렌즈를 깨끗하게 닦아줍니다. 그리고 영상통화를 할 때 쓰는 전면 카메라는 학습용 영상을 촬영할 때 사용을 자제하는 것이 좋습니다. 일반적으로 후면 카메라에 비해 성능이 떨어지기 때문입니다.

그림 4-16 촬영 전에 후면 카메라를 항상 청결하게 닦아줍니다.

둘째, 배터리, 저장공간 체크는 필수!

촬영이 길어지면 배터리가 부족해지므로 촬영 전 100% 완충 상태를 유지하는 것이 좋습니다. 만약의 상황에 대비해서 보조배터리도 챙깁니다. 동영상은 용량이 크므로 스마트폰의 저장공간을 미리 확보합니다. 예전에 촬영한 사진이나 동영상은 클라우드에 백업해두고, 외장 메모리를 사용할 수 있다면 추가합니다.

용량 확인 방법은 스마트폰마다 조금씩 차이가 있습니다. 대표적인 기종별 메뉴를 소개합니다.

iOS: [설정] 앱 – [일반] – [iPhone 저장 공간]

안드로이드(삼성): [설정] 앱 – [디바이스케어] – [저장공간]

안드로이드(LG): [설정] 앱 – [일반] 탭 – [저장소] – [내부저장소]

🔋 **배터리** 16시간 16분

🔄 **저장공간** 366GB /512 GB

그림 4-17 촬영하기 전 배터리 완전 충전과 저장공간 확보는 필수!

동영상 용량은 뒤에 설명할 해상도와 프레임에 따라 달라집니다. 비디오 1분 촬영 시 대략적인 용량을 알아보면 다음 표와 같습니다. 일반적으로 수업 영상에 활용하는 동영상은 1080p 해상도에 30fps 프레임으로 설정하는데, 이때 1분 동안 촬영하면 용량은 130MB 정도가 됩니다. 수업용으로 20분짜리 영상을 촬영한다면 약 2.6GB의 영상이 촬영되는 것입니다. 이를 고려해서 미리 저장공간을 확보해 두기 바랍니다.

비디오 1분의 대략적인 용량	해상도 설정	프레임 설정	비고
60MB	720p	30fps	저장 공간 절약
130MB	1080p	30fps	기본 설정
175MB	1080p	60fps	부드러운 영상

비디오 1분의 대략적인 용량	해상도 설정	프레임 설정	비고
270MB	4K	24fps	필름 스타일
350MB	4K	30fps	고해상도
400MB	4K	60fps	고해상도, 부드러운 영상

셋째, 용도에 맞게 비율을 미리 정할 것!

스마트폰 카메라는 [4:3], [16:9], [1:1], [Full] 등의 화면 비율을 선택할 수 있습니다. 일반적으로 [4:3] 비율은 사진 촬영을 할 때 사용합니다. 우리가 인화해서 앨범에 넣는 사진의 비율도 대부분 [4:3]입니다. 컴퓨터에서 PPT나 동영상 제작에 활용하기 좋은 비율은 [16:9]입니다. 이는 우리가 주로 사용하는 모니터나 TV 화면의 비율과 잘 어울립니다. 수업용 동영상을 제작하려면 [16:9]가 좋습니다. [1:1] 비율은 주로 카드 뉴스를 제작하거나 SNS에 올릴 때 사용합니다. [Full] 비율은 스마트폰 화면에 꽉 차게 촬영되는데, 주로 스마트폰에서 감상할 때 많이 사용합니다.

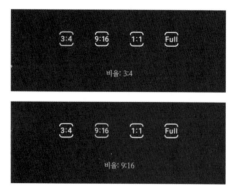

그림 4-18 교육용 동영상 제작은 16:9 비율로 설정합니다.

다음은 스마트폰 기종별 화면 비율을 설정하는 방법입니다.

- iOS(아이폰, 아이패드): 16:9로 기본 고정됨

- 안드로이드(삼성): [카메라] 앱 실행 - 왼쪽 상단 '톱니바퀴' 모양 아이콘 - [후면 동영상 크기]

안드로이드(LG): [카메라] 앱 실행 – 왼쪽 상단 '톱니바퀴' 모양 아이콘 – 하단 '비디오' 모양 아이콘 – [동영상 크기]

넷째, 해상도와 프레임 설정!

해상도와 픽셀에 대해 잠깐 알아볼까요? 픽셀(Pixel)은 화면을 구성하는 최소 단위입니다. 같은 면적에 많은 픽셀이 있을수록 고화질입니다. 요즘 스마트폰과 TV는 UHD 해상도를 지원하지만, 여전히 대부분 환경에서 FHD면 충분합니다. FHD 해상도는 1920x1080픽셀입니다. 스마트폰 카메라 설정에서 FHD 해상도를 선택합니다. 설정은 보통 톱니바퀴 모양의 아이콘으로 되어 있습니다.

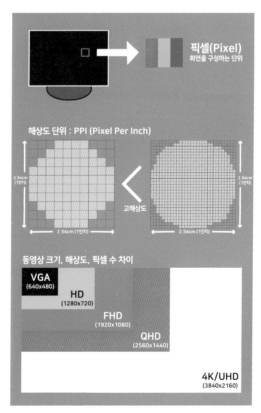

그림 4-19 해상도별 픽셀의 차이를 나타내는 그림

fps(Frame per Second)는 1초 동안 몇 장의 연속된 그림을 보여주는가에 따라 달라집니다. 24fps는 영화와 같은 필름 스타일의 동영상 촬영을 할 때 사용합니다. 30fps는 뉴스나 드라마 등 일반적인 동영상을 촬영할 때 씁니다. 보통 프레임 수치가 생략되어 있다면 30fps인 경우가 많습니다. 60fps는 영상이 부드러워서 스포츠나 슬로모션으로 편집할 때 사용합니다. 우리는 교육용 영상을 제작하기 위해 30fps로 설정하겠습니다.

그림 4-20 교육용 동영상에 적당한 FHD(1920x1080) 30fps로 설정합니다. (안드로이드폰)

그림 4-21 아이폰은 [설정] – [카메라] – [비디오 녹화] 순으로 들어가서 설정합니다.

스마트폰 기종별 해상도 설정 방법은 다음과 같습니다.

- **iOS:** [설정] 앱 – [카메라] – [비디오 녹화]
- **안드로이드(삼성):** [카메라] 앱 실행 – 왼쪽 상단 '톱니바퀴' 모양 아이콘 – [후면 동영상 크기]
- **안드로이드(LG):** [카메라] 앱 실행 – 왼쪽 상단 '톱니바퀴' 모양 아이콘 – 하단 '비디오' 모양 아이콘 – [동영상 크기]

해상도와 프레임이 높을수록 좋은 품질의 동영상을 촬영할 수 있습니다. 하지만 높은 설정이 다 좋은 것만은 아닙니다. 이유는 다음과 같습니다. 첫째, 고화질의 영상은 고용량 파일로 저장됩니다. 동영상 제작에 좋은 기기 사양이 요구되고, 편집 시간도 오래 걸릴 수 있습니다. 둘째, 학생들의 온라인 교육환경이 천차만별이기 때문에 고용량으로 제작하면 원활한 학습이 이루어지기 어려울 수 있습니다. 저사양 기기로도 재생 가능한 저용량 영상을 제작해야 소외되는 학생 없이 모두 원활한 온라인 학습이 가능합니다. 셋째, 동영상의 전달 기능 대비 용량을 잘 생각해야 합니다. 용량이 너무 작은 저화질 영상은 글씨나 이미지가 잘 안 보이는 등 학습 전달력에 문제가 생길 수 있습니다.

다섯째, 수직·수평 격자선 또는 안내선 설정!

잘 찍은 영상은 보기에도 편안해야 합니다. 스마트폰 액정은 크기가 작기 때문에 살짝 기울여 촬영해도 별로 티가 나지 않습니다. 하지만 결과물을 모니터나 TV 등 큰 화면으로 보면 기울어짐이 크게 느껴집니다. 설정에서 격자선 또는 안내선을 켜면 가로세로로 구분 선이 나타납니다. 여기에 맞게 동영상이 기울어지지 않게 주의해서 촬영하면 나중에 큰 화면으로도 편안하게 감상할 수 있는 동영상이 됩니다.

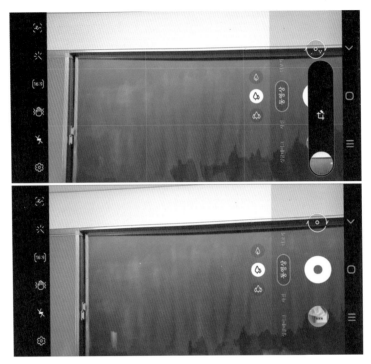

그림 4-22 스마트폰 수직 · 수평 안내선을 켠 경우와 안 켠 경우 비교

다음은 스마트폰 기종별 수직 · 수평 안내선을 켜는 방법입니다.

　iOS: [설정] 앱 – [카메라] – [구성] – '격자' 활성화

　안드로이드(삼성): [카메라] 앱 실행 – 왼쪽 상단 '톱니바퀴' 모양 아이콘 – [유용한 기능] – '수직/수평 안내선' 활성화

　안드로이드(LG): [카메라] 앱 실행 – 왼쪽 상단 '톱니바퀴' 모양 아이콘 – [유용한 기능] – '안내선' 활성화

스마트폰 카메라 200% 활용하는 동영상 촬영 기술

스마트폰으로 동영상을 촬영할 때 알아두면 좋을 다섯 가지 기술을 알아봅시다. 이것만 지키면 스마트폰 기본 카메라를 200% 활용할 수 있습니다.

첫째, 터치터치! 오토포커스 활용!

촬영할 때는 초점(포커스)을 잘 맞춰야 합니다. 초점이 맞지 않으면 책의 활자도 흐리게 보이고, 보여줄 대상보다 배경이 또렷하게 보여 전달이 잘 안 되는 경우가 있습니다. 스마트폰 카메라는 초점을 맞출 대상을 화면에서 한 번 터치하기만 하면 즉시 초점이 변합니다. 동영상을 촬영하기 전에 반드시 한 번 터치합니다. 터치터치!

그림 4-23 터치하여 포커스를 맞춘 경우와 그렇지 않은 경우

둘째, 터치 꾸욱! 고정 포커스와 노출 조절 활용!

터치해서 초점을 맞추면 카메라가 노출도 자동으로 맞춰줍니다. 그런데 지나치게 밝거나 어둡게 나오는 경우가 있습니다. 그럴 때는 찍고자 하는 대상에서 1초간 길게 터치합니다. 그러면 포커스 아래에 + － 표시로 노출 조절 바가 생깁니다. 화면이 약간 밝아지도록 조절하여 촬영하면 원하는 내용이 더 잘 전달됩니다.

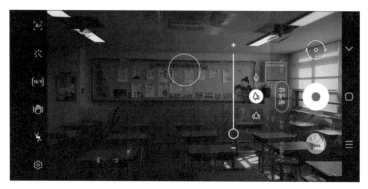

그림 4-24 너무 밝거나 어둡지 않게, 노출을 적당히 조절

또한 길게 터치하면 초점이 고정(AF LOCK)됩니다. 이렇게 하면 카메라 렌즈를 다른 방향으로 옮겨도 초점 고정이 풀리지 않습니다. 특별히 또렷하게 보여주고 싶은 대상이 있을 때 초점 고정을 사용합니다.

셋째, 좋은 결과물을 내려면 빛을 활용!

스마트폰 카메라는 빛이 없는 어두운 곳에서는 화질이 크게 떨어집니다. 물론 자체 플래시가 있지만 노출과 색감 등을 왜곡할 수 있기 때문에 자체 플래시 사용은 최대한 자제합니다. 그렇다면 빛이 없는 환경에서는 어떻게 해야 할까요?

먼저, 최대한 밝은 곳을 찾아 촬영합니다. 햇빛이 없으면 조명 등 밝은 곳을 찾습니다.

그림 4-25 빛이 있는 곳이나 밝은 조명 주변에서 촬영

다른 스마트폰에 내장된 손전등을 켜서 보조 조명으로 활용합니다. 내 스마트폰에 달린
플래시는 렌즈 바로 옆에 있어 촬영 결과물에 영향을 주지만, 다른 스마트폰에 달린 손전
등은 거리와 방향을 조절할 수 있어 큰 도움이 됩니다.

그림 4-26 다른 스마트폰의 손전등을 보조 조명으로 활용

반사판을 활용합니다. 주변에 있는 A4 용지 등을 활용하여 반사판으로 쓸 수 있습니다.
밝은 곳으로 이동할 수 없다면 반사판으로 밝혀줍니다.

그림 4-27 반사판의 유무 차이. 반사판이 그늘을 없애고 화이트밸런스까지 적당하게 맞춰준다(왼쪽: 반사판 있음, 오른
쪽: 반사판 없음). 얼굴에 드리워진 그림자와 색감을 확인.

마지막으로, 설정에서 HDR 기능을 켭니다. HDR 기능을 사용하면 카메라가 자동으로
노출이 다른 사진 3장에서 가장 잘 나온 부분을 조합하여 하나의 사진으로 만들어 줍니
다. 그래서 어두운 환경에서도 선명한 결과물을 얻을 수 있습니다.

< HDR(풍부한 색조)

사용 중

밝고 어두운 영역의 디테일까지 포착해 사진 속
명암을 더욱 사실적으로 표현할 수 있습니다.

◉ **필요시 자동 적용**

◯ **항상 적용**

그림 4-28 설정에서 HDR 기능 켜기

다음은 스마트폰 기종별 HDR 기능을 켜는 방법입니다.

- iOS: [설정] 앱 – [카메라] – [HDR] – '자동 HDR' 활성화

- **안드로이드(삼성)**: [카메라] 앱 실행 – 왼쪽 상단 '톱니바퀴' 모양 아이콘 – [유용한 기능] – HDR(풍부한 색조) 활성화

- **안드로이드(LG)**: [카메라] 앱 실행 – 왼쪽 상단 '톱니바퀴' 모양 아이콘 – [일반] – [HDR] – 자동/사용 설정

넷째, 떨림 없는 영상이 보기에 편하다!

스마트폰은 작고 가벼워서 촬영할 때 조금만 손이 떨려도 영상으로는 많이 흔들려 보입니다. 떨림 방지 기능이 있는 스마트폰도 있지만, 다른 방법으로도 촬영 중 떨림을 줄일 수 있습니다.

먼저, 촬영할 때 팔은 최대한 겨드랑이에 밀착하고 손을 멀리 뻗지 않습니다. 몸 중심에 손을 붙이듯 자세를 잡으면 떨림을 줄일 수 있습니다.

그림 4-29 팔을 최대한 가슴 쪽에 붙이고 촬영한다.

일정한 장면을 고정해서 촬영할 때는 삼각대와 스마트폰용 클립을 사용하면 편리합니다.
삼각대를 쓰면 칠판 판서를 하는 모습을 보조자 없이 혼자서 촬영할 수 있습니다. 그리고
스마트폰 클립은 탁자 위에 고정하여 교과서나 교재를 가지고 진행하는 수업에 활용하기
에 좋습니다.

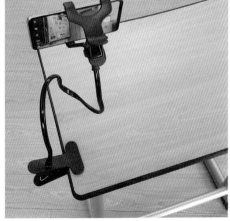

그림 4-30 스마트폰용 삼각대와 고정 클립

이동하면서 동영상을 흔들리지 않게 촬영하려면 스마트폰용 짐벌을 추천합니다. 짐벌에 달린 모터가 움직임이나 떨림을 최소화하여 안정적으로 동영상을 촬영할 수 있습니다. 체육 수업의 시범 영상이나 야외 현장 체험학습 장면을 촬영할 때 사용하면 흔들림 없는 동영상을 얻을 수 있습니다.

그림 4-31 스마트폰용 짐벌을 장착한 모습

다섯째, 카메라는 '손줌'보다 '발줌'

스마트폰 카메라로 멀리 있는 것을 확대하여 촬영할 때 가급적 줌-인(zoom-in)은 하지 않는 것이 좋습니다. 줌-인을 하면 쉽게 멀리 있는 장면을 확대해서 찍을 수 있지만 화질 저하가 매우 심각해집니다. 줌-인을 해서 촬영한 결과물은 스마트폰으로 볼 때는 잘 보이지 않지만 큰 화면으로 보면 픽셀이 다 보일 정도로 화질 저하가 심각합니다. 대신 크게 찍어야 하는 것이 있다면 스마트폰을 들고 직접 다가가서 찍는 '발줌'을 합니다. 그렇게 해야 화질 저하 없는 선명한 영상을 촬영할 수 있습니다.

그림 4-32 손으로 줌-인하지 말고 발로 다가가서 찍는다.

4-3 스마트폰 화면 녹화 마스터하기

이번에 다룰 내용은 스마트폰이나 패드에서 바로 화면을 녹화하는 방법입니다. 특히 수업 영상 콘텐츠를 제작하는 분 중에는 이 방법을 이용해 제작하는 경우가 많습니다. 스마트폰이나 패드에서 화면을 그대로 캡처한 후 편집을 통해 자막을 추가하거나 불필요한 부분을 잘라내서 온라인 수업 콘텐츠로 제작할 수 있습니다. 아이폰이나 일부 안드로이드폰은 자체 화면 녹화 기능이 제공됩니다. 또한 애플리케이션을 이용해 화면을 녹화하는 방법도 있습니다.

아이폰 · 아이패드에서 화면 기록하는 첫걸음

아이폰 · 아이패드를 기준으로 자체 화면 녹화 방법을 살펴보겠습니다. 아이폰 · 아이패드는 화면 녹화 방법이 동일합니다. 다음 방법으로 진행하면 됩니다.

먼저 아이폰 · 아이패드의 '홈 화면'에서 [설정]을 선택합니다.

그림 4-33 아이폰 · 아이패드에서 설정 선택하기

[설정]에서 [제어 센터]를 선택합니다. [제어 센터]는 그림과 같이 [일반]과 [디스플레이 및 밝기] 사이에 있습니다.

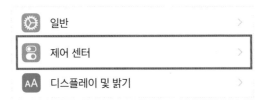

그림 4-34 [제어 센터] 선택하기

[제어 센터]에서 [화면 기록]을 찾은 후 '+' 추가 버튼을 클릭합니다. 그러면 [화면 기록]이 제어 센터에 추가됩니다. 이제 [설정]에서 나가 '홈 화면'으로 돌아갑니다.

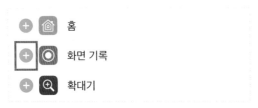

그림 4-35 [화면 기록] 추가하기

아이폰 · 아이패드에서 화면 기록 시작하고 종료하기

'홈 화면'으로 다시 돌아왔습니다. 화면의 위쪽에서 아래쪽으로 손가락으로 밀어서 내립니다. 밀어 내리면 '제어 센터'가 나타납니다. '제어 센터'에 단축 아이콘이 나타나는데, 그중 '화면 기록' 아이콘이 있습니다. '화면 기록' 아이콘을 손가락으로 길게 눌러보겠습니다.

그림 4-36 '제어 센터'의 '화면 기록' 아이콘

'화면 기록' 단축 아이콘을 길게 누르면 설정을 조정할 수 있습니다. 마이크를 켤 것인지, 끌 것인지를 선택할 수 있습니다. '마이크 끔'은 목소리 녹음 없이 단순하게 화면만 기록합니다. 기본값은 '마이크 끔'으로 되어 있기 때문에 단순히 화면만 기록할 때는 설정 없이 바로 '기록 시작'을 눌러 녹화합니다. '마이크 켬'으로 설정하면 아이폰 · 아이패드의 내장 마이크가 활성화되어 목소리를 녹음하면서 화면 기록을 할 수 있습니다.

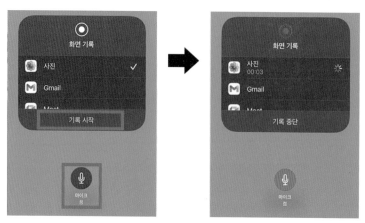

그림 4-37 화면 기록 설정하기

'화면 기록'이 시작되었습니다. 아이폰·아이패드의 화면을 밑에서부터 위로 쓸어올려서 (홈 버튼이 있는 기종은 홈 버튼을 누릅니다) '홈 화면'으로 넘어갑니다. iOS14 기준으로 화면 상단에 빨간색 바탕의 시계와 점을 통해 '녹화 중'임을 표시합니다. 이 상태는 화면 그대로를 녹화하기 때문에 수업 자료를 판서하여 녹화하거나 애플리케이션이나 웹사이트를 이용하는 모습을 그대로 보여줄 수 있습니다.

그림 4-38 화면 기록 중인 상태 (녹화 중)

화면 기록을 중단하고 싶을 때 화면 왼쪽 상단에 빨간색 바탕으로 된 시계 부분을 터치하면 화면 기록을 중단할지 묻는 대화상자가 나타납니다. [중단]을 누르면 화면 기록이 중단됩니다.

그림 4-39 화면 기록 중단하기

화면 기록을 중단하면 내부적으로 기록한 파일을 영상 파일로 저장합니다. 화면 기록한 시간이 길수록 영상 파일을 만드는 데 걸리는 시간도 깁니다. 저장이 완료되면 화면 상단에 그림과 같이 '화면 기록 비디오가 사진 앱에 저장됨'이라는 팝업 메시지가 나타납니다.

그림 4-40 화면 기록 비디오 저장 완료 팝업 메시지

아이폰 · 아이패드에서 화면 기록 비디오 간단하게 편집하기

'사진' 앱을 실행하면 가장 최근에 저장된 '화면 기록 비디오'를 확인할 수 있습니다. 그것을 재생하면 처음에 제어 센터에서 화면 기록을 시작하고 화면 기록을 중단하기 위해 대화상자가 나타나는 과정까지 모두 기록되어 있음을 알 수 있습니다. 이런 부분을 그대로 살릴 수도 있지만, 간단한 [편집] 기능을 통해 잘라낼 수도 있습니다. '사진' 앱에서 오른쪽 상단에 위치한 [편집] 버튼을 클릭합니다.

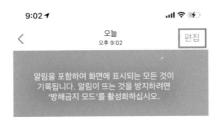

그림 4-41 사진 앱에서 편집 기능 실행하기

'편집' 기능이 실행됐습니다. 아래쪽에서 가장자리의 핸들을 드래그하여 필요한 범위만 지정할 수 있습니다. 영상의 처음과 끝 부분에 화면 기록을 시작하고 종료하는 불필요한 장면이 있으니 이들을 잘라냅니다. 앞부분의 핸들은 오른쪽으로 옮기고 뒷부분의 핸들은 왼쪽으로 옮깁니다.

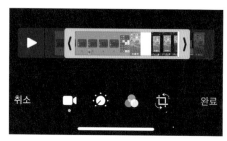

그림 4-42 편집 기능을 통해 앞뒤 불필요한 부분 잘라내기

편집이 완료되면 오른쪽 하단의 [완료] 버튼을 누릅니다. 저장을 어떻게 할 것인지 두 가지 옵션이 포함된 대화상자가 나타납니다. '비디오 저장'은 파일을 덮어쓰기 합니다. '새로운 클립으로 비디오 저장'은 원본 파일과 별도로 편집한 내용을 새로운 영상 파일로 생성합니다.

그림 4-43 저장 옵션 선택하기

안드로이드 스마트폰에서 화면 기록하는 첫걸음

갤럭시 시리즈 등 일부 안드로이드 스마트폰에서 지원하는 자체 화면 녹화 방법을 살펴보겠습니다. 기종에 따라 다소 차이가 있을 수 있으나, 기본적인 방법은 비슷합니다. 다음 방법대로 진행하면 됩니다.

먼저 스마트폰 가장 위쪽 시계와 배터리가 표시된 부분을 드래그하여 아래로 끌어내립니다. 그러면 다양한 기능 단축 버튼이 나타납니다. 바로 나타나지 않으면 한번 더 끌어내립니다. 숨겨진 단축 버튼 화면이 나타날 것입니다. 그중 [화면 녹화] 버튼을 터치합니다. [화면 녹화]가 보이지 않으면 단축 버튼 모음 화면을 좌우로 옮기며 찾습니다. (자체 화면 녹화 기능이 없다면 다음에 나오는 모비즌 앱을 이용한 화면 녹화를 참고하세요.)

그림 4-44 화면 녹화 버튼 찾기

[화면 녹화] 버튼을 터치하면 그림 4-45와 같은 화면이 나옵니다. 화면 녹화와 동시에 소리를 녹음할 것인지 선택할 수 있습니다. '소리 없음'은 어떠한 소리 녹음 없이 단순하게 화면만 기록합니다. '미디어 소리'를 선택하면 녹화 중에 스마트폰을 통해 재생되는 효과음, 벨소리, 동영상 소리 등이 같이 녹음됩니다. '미디어 소리 및 마이크'를 선택하면 스마트폰을 통해 재생되는 소리와 사용자가 말하여 스마트폰 마이크를 통해 들어가는 외부 소리가 동시에 녹음됩니다. 말로 강의하며 화면 녹화를 하는 경우가 학습 전달력이 좋으므로 '미디어 소리 및 마이크'를 선택합니다.

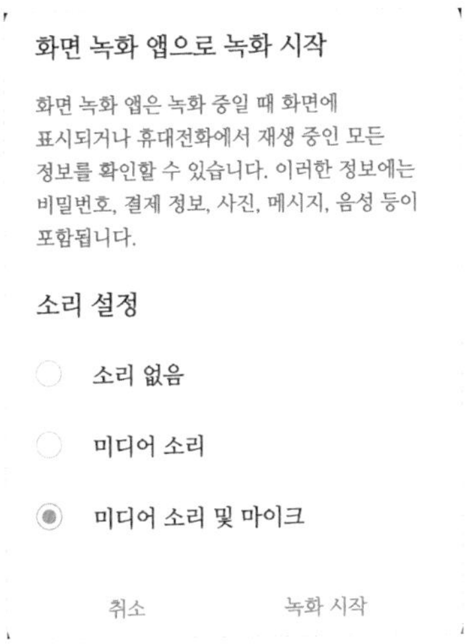

화면 녹화 앱으로 녹화 시작

화면 녹화 앱은 녹화 중일 때 화면에 표시되거나 휴대전화에서 재생 중인 모든 정보를 확인할 수 있습니다. 이러한 정보에는 비밀번호, 결제 정보, 사진, 메시지, 음성 등이 포함됩니다.

소리 설정

⭕ 소리 없음

⭕ 미디어 소리

🔘 미디어 소리 및 마이크

취소　　　　　　녹화 시작

그림 4-45 녹화 시작 전 소리 설정하기

오른쪽 하단의 [녹화 시작] 버튼을 터치하면 녹화가 시작됩니다. 준비할 수 있게 3초의 시간을 카운트다운한 뒤 녹화가 시작됩니다. 바로 시작하려면 [카운트다운 건너뛰기]를 터치합니다.

그림 4-46 녹화 준비 카운트다운

녹화가 시작되면 녹화 상태 바가 표시되며 아래에 녹화 시간이 나타납니다. 녹화가 이어지는 동안에는 스마트폰에 나타나는 화면과 모든 음성이 기록되어 동영상으로 저장됩니다. 오른쪽 두 번째에 있는 일시 정지 버튼을 누르면 녹화가 잠시 정지되고, 다시 누르면 이어서 녹화가 시작됩니다. 오른쪽 첫 번째 정지 버튼을 누르면 녹화는 완전히 중단되고 지금까지 기록한 내용이 동영상으로 스마트폰 내 '갤러리'에 저장됩니다.

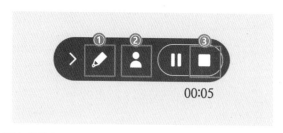

그림 4-47 녹화 상태 바와 녹화 시간

❷번 사람 모양 버튼을 누르면 스마트폰의 전면 카메라가 활성화됩니다. 셀프 카메라처럼 화면을 바라보는 사용자의 얼굴이 녹화되어 강의자의 얼굴을 동영상에 실시간으로 넣을 수 있습니다.

그림 4-48 화면 녹화 중 전면 카메라가 활성화된 모습

그림 4-47의 ❶번 펜 모양 버튼을 누르면 글씨나 그림을 기록할 수 있습니다. 원하는 색
깔을 골라 터치하면 글씨를 쓰거나 그림을 그릴 수 있습니다. 별표, 밑줄 등 화면 녹화 중
강조하고 싶은 곳에 표시하며 녹화하면 정보를 더 명확하게 전달할 수 있습니다.

그림 4-49 펜 도구를 사용하여 별표와 밑줄을 그린 모습

화면 녹화 중에 표시되는 녹화 상태 바와 색깔 선택 등은 실제 녹화된 화면에 나타나지는
않습니다. 하지만 화면 녹화 중 스마트폰 사용으로 인해 화면에 나타났던 모든 것들이 동
영상으로 기록됩니다. 촬영을 끝내고 싶으면 그림 4-47의 ❸번 정지 버튼을 누릅니다.
그러면 '영상을 저장했어요'라는 메시지가 나오며 화면 녹화가 종료됩니다.

" 폰녹화 끝판왕
'모비즌' "

음...
스마트폰 화면을
녹화해서 강의로
만들고 싶은데
어떻게 하면 되지?

폰을
다른 폰으로 찍기?

엄마 아이폰은
자체 녹화 기능이 있어서
이렇게 이렇게 하면 돼요

내 폰은
안되는데...

허, 내
갤럭시 폰도
자체 녹화기능이
있는데 당신은
없어?

지금 누구
놀려요? 흥

어휴
폰을 새거로
바꿔야 하나
부담스러운데~

나 버리지 마요

폰
바꾸지 마세요,
녹화도 하고
편집까지 할 수 있어요.

4-4 '모비즌' 앱을 사용해 안드로이드 스마트폰에서 화면 기록하기

아이폰과 갤럭시 시리즈 등 자체 화면 녹화 기능을 지원하는 스마트폰도 있지만 그 밖의 안드로이드 스마트폰은 화면 녹화 기능이 없는 경우가 있습니다. 하지만 쉽고 강력한 화면 녹화 기능을 무료로 제공하는 애플리케이션이 있으니 걱정하지 않아도 됩니다.

플레이스토어에서 '모비즌 스크린 레코더'를 검색한 뒤 설치합니다.

그림 4-50 플레이스토어에서 모비즌 스크린 레코더 검색

모비즌 앱을 실행하면 큰 변화가 느껴지지 않습니다. 그런데 구석을 잘 살펴보면 주황색 동그라미 아이콘이 생긴 것을 찾을 수 있습니다. 그 아이콘을 누르면 세 개의 메뉴가 나타납니다. 종료하고 싶으면 주황색 동그라미를 끌어다가 아래쪽 X 버튼에 올려놓으면 앱이 사라집니다.

그림 4-51 화면 오른쪽 상단에 숨어 있는 모비즌 아이콘

[화면 녹화]
[파일 확인
및 설정]
[화면 캡처]

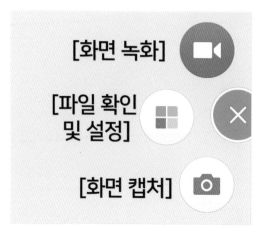

그림 4-52 모비즌 아이콘을 터치하여 메뉴를 확장한 모습

주황색 아이콘을 누르면 그림 4-52와 같이 3개의 메뉴가 나타납니다. 바로 첫 번째 [화면 녹화] 버튼을 눌러봅시다.

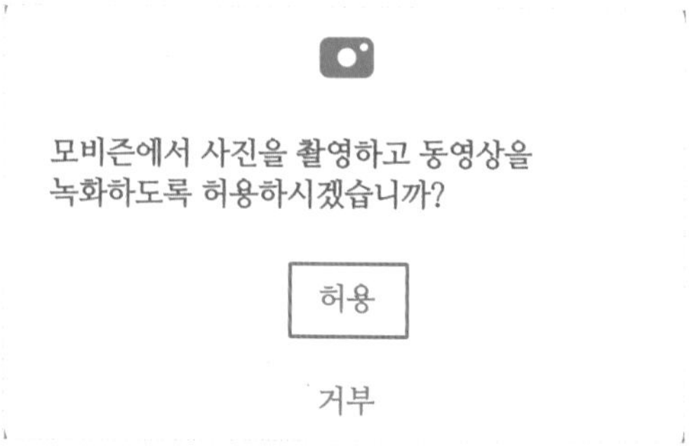

모비즌에서 사진을 촬영하고 동영상을
녹화하도록 허용하시겠습니까?
허용
거부

그림 4-53 화면 녹화 권한을 묻는 질문

처음 사용하는 경우 앱에 촬영 권한을 줄 것인지 묻습니다. [허용]을 눌러 화면 녹화를 허락합니다. 이어서 녹화를 시작할 것인지 질문이 나옵니다. [지금 시작]을 누르면 화면 녹화가 시작됩니다.

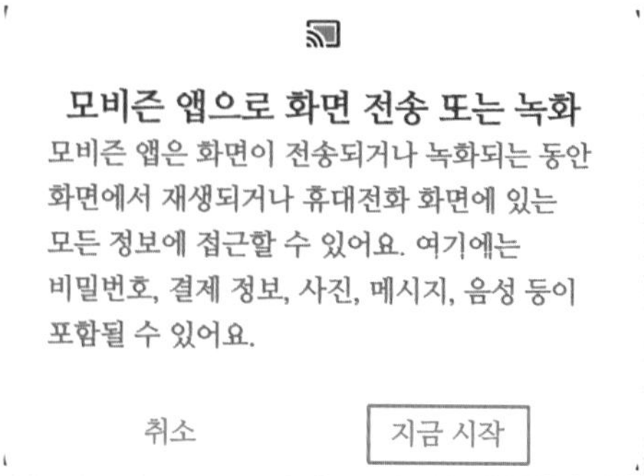

모비즌 앱으로 화면 전송 또는 녹화
모비즌 앱은 화면이 전송되거나 녹화되는 동안
화면에서 재생되거나 휴대전화 화면에 있는
모든 정보에 접근할 수 있어요. 여기에는
비밀번호, 결제 정보, 사진, 메시지, 음성 등이
포함될 수 있어요.
취소
지금 시작

그림 4-54 화면 녹화 시작을 묻는 질문

[녹화 시작]을 누르면 기본으로 설정된 카
운트다운 타이머가 3초간 시작됩니다. 이때
촬영 전 마음을 가다듬을 수 있으며 원치 않
을 경우 설정에서 해제 가능합니다.

그림 4-55 카운트다운 후 화면 녹화가 시작됩니다.

녹화가 시작되면 주황색 동그라미 아이콘이 반투명 상태가 되면서 안쪽에 녹화 시간이
표시됩니다. 반투명으로 표시되는 아이콘은 녹화하는 동안 사용자에게는 보이지만, 녹화
결과물 영상에는 찍히지 않습니다. 아이콘을 한 번 터치하면 앞에서와는 다른 네 개의 메
뉴가 나타납니다.

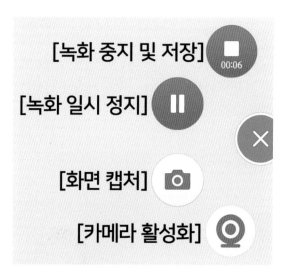

그림 4-56 녹화 중 모비즌 아이콘을 터치하여 메뉴가 나타난 모습

첫 번째 버튼에는 녹화 시간이 나타납니다. 버튼을 누르면 화면 녹화가 중지되고 지금까
지 스마트폰 화면에 나타났던 모든 장면이 동영상으로 저장됩니다. 또, 모비즌 앱 내에서
간단한 동영상 편집도 가능합니다. 녹화 종료 후 할 일과 내용은 나중에 다시 알아보겠습
니다.

두 번째 버튼을 누르면 화면 녹화가 일시 정지됩니다. 다시 버튼을 누르면 녹화가 멈췄던 시점에서 재개됩니다.

세 번째 버튼은 화면 캡처입니다. 녹화 중간에 현재 화면을 사진으로 찍어 자동으로 저장합니다.

네 번째 버튼은 카메라 활성화입니다. 버튼을 누르면 기본적으로 전면 카메라가 활성화되어 화면을 바라보는 사람의 현재 얼굴이 나타납니다.

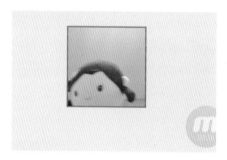

그림 4-57 화면 녹화 중 전면 카메라를 활성화한 모습

사각형 카메라 화면을 터치하면 세 개의 메뉴 버튼이 나옵니다. ❶번 X 버튼을 누르면 카메라가 비활성화됩니다. ❷번 버튼을 누르면 후면 카메라로 전환됩니다. ❸번 버튼을 누른 채로 드래그하면 화면 크기를 조절할 수 있습니다. 이 카메라 화면은 화면 녹화에 실시간으로 포함되며 동영상 결과물에도 들어갑니다.

그림 4-58 카메라 조절 버튼과 화면 크기를 키운 모습

화면 녹화를 다 마쳤으면 녹화 정지 버튼을 누릅니다. 이때 영상은 자동으로 저장되고 녹화는 종료됩니다. 녹화 완료 후 영상을 확인하겠냐는 질문이 나옵니다. [영상 삭제]를 누르면 방금 녹화한 영상을 삭제합니다. [닫기]를 누르면 아무 변화가 일어나지 않고 기본 모비즌 아이콘으로 돌아가며 영상 녹화가 비활성화됩니다. [영상 확인]을 누르면 방금 녹화한 영상 목록이 뜨고 거기서 재생, 편집, 공유, 삭제를 할 수 있습니다.

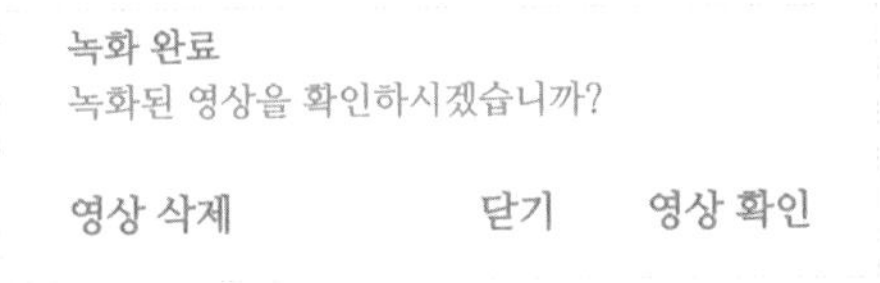

녹화 완료
녹화된 영상을 확인하시겠습니까?

영상 삭제 　　　　　　 닫기 　　 영상 확인

그림 4-59 녹화 완료 후 질문 창이 나타난 모습

영상 확인을 누르면 상단에 아이콘 세 개가 나타납니다.

그림 4-60 영상 확인 창의 상단 메뉴 모습

영상 확인에서 편집을 누르면 촬영한 동영상을 자르거나 다른 동영상을 앞뒤로 불러와 붙일 수 있습니다. 영상 편집의 상단 메뉴에는 세 개의 아이콘이 있습니다.

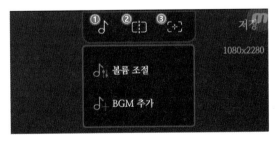

그림 4-61 영상 편집의 상단 메뉴

❶번 음표 모양 버튼은 볼륨 조절과 배경 음악 추가를 할 수 있습니다. ❷번 버튼은 원하는 부분에서 영상을 분할할 수 있습니다. 나누고 싶은 곳을 선택한 뒤 분할 버튼을 누르면 영상이 반으로 나뉩니다. 나눈 영상을 다시 반복해서 더 짧게 나눌 수 있습니다. 이후 [저장] 버튼을 누르면 나눈 수만큼 영상이 쪼개져 저장됩니다. ❸번 버튼은 화면 캡처입니다.

그림 4-62 영상 편집의 메인 화면

인트로와 아웃트로 위의 [+] 버튼을 누르면 영상을 붙일 수 있습니다.

❶번 버튼을 누르면 메인 영상의 앞에 동영상을 추가할 수 있습니다. ❷번 버튼을 누르면 메인 영상의 뒤에 동영상을 추가할 수 있습니다. ❸번 버튼을 누르면 메인 영상을 교체할 수 있습니다. [저장]을 누르면 하나의 영상으로 합쳐 저장됩니다.

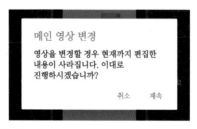

그림 4-63 메인 영상 변경 시 나오는 경고 창

영상 확인 창의 마지막 메뉴인 [설정]을 누르면 다양한 영상 녹화 설정을 변경할 수 있습니다.

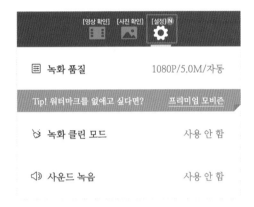

그림 4-64 모비즌 설정 창 모습

녹화 품질을 누르면 크게 네 개의 메뉴가 나타납니다. 녹화 해상도, 녹화 화질, 프레임 수, 녹화 마법사입니다. 숫자가 클수록 고품질의 부드러운 영상을 녹화할 수 있습니다. 하지만 스마트폰의 사양에 따라 녹화 시간이나 영상 처리 시간이 오래 걸릴 수 있고 동영상의 용량이 커져 원하는 시간만큼 저장하지 못할 수 있으니 적당한 조절이 필요합니다.

그림 4-65 녹화 품질 설정에서 조절 가능한 메뉴

자신의 스마트폰 사양에 적합한 영상 설정이 어떤 것인지 잘 모르겠다면 녹화 마법사를 이용해 보세요. 녹화 마법사를 선택하면 애플리케이션이 자동으로 스마트폰을 분석하여 최적의 녹화 품질을 찾아냅니다.

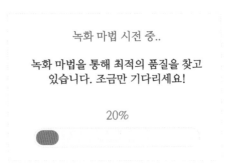

그림 4-66 녹화 마법사를 실행한 모습

모비즌 설정에서는 녹화 품질 외에 카운트다운, 시간 표시, 저장 위치 등을 변경할 수 있습니다. 녹화하는 데 큰 불편함이 없다면 기본 설정을 유지하며 사용해도 됩니다.

그림 4-67 모비즌 설정 창의 나머지 메뉴

" 영상 편집
    ' 키네마스터 ' 하나면 진짜 끝 "

영상 편집?
라면 끓이기보다
쉬웠어요.

4-5 영상 편집 '키네마스터' 하나면 끝

스마트폰으로 사진이나 영상을 촬영하는 사람은 많습니다. 하지만 이렇게 본인이 촬영한 사진과 영상을 가지고 편집하는 사람은 얼마나 될까요? 스마트폰을 통해서도 영상 편집을 할 수 있습니다. 또한 스마트폰으로 영상을 편집할 수 있는 전용 애플리케이션이 많이 출시됐습니다. 그중 키네마스터는 오랜 시간 동안 많은 사람에게 사용되고 인정받은 영상 편집 애플리케이션입니다.

그림 4-68 스마트폰 영상 편집 애플리케이션 '키네마스터'

영상 편집에 필요한 기본 기능이 충분하게 포함되어 있다는 점, 그리고 직관적인 사용 방법과 에셋 스토어를 통한 확장성은 키네마스터의 큰 장점입니다. 키네마스터에는 다양한 기능이 있지만, 기본적인 '컷 편집' 기능부터 시작하여 '자막'을 넣고 '음악을 편집'하는 순서로 키네마스터의 필수 기능을 익혀보겠습니다.

키네마스터의 설치

키네마스터의 설치는 아이폰과 안드로이드폰에서 모두 가능합니다. 애플의 경우는 앱스토어에서, 안드로이드폰은 플레이스토어에서 각각 '키네마스터'를 검색하여 다운로드받을 수 있습니다.

그림 4-69 키네마스터 애플리케이션 설치하기

키네마스터는 무료로 다운로드받아 사용할 수 있습니다. 다만 무료 버전의 경우는 출력된 영상에서 워터마크가 나타나며 에셋 스토어에서의 다운로드에 제한이 있습니다. 또한 무료 버전에서는 1080p 풀HD와 4K 해상도를 지원하지 않습니다. 이를 해결하기 위해서는 유료 결제하여 해당 기능을 이용할 수 있게 해야 합니다.

키네마스터의 실행

키네마스터를 실행한 후에는 가장 먼저 '프로젝트를 생성'해야 합니다. '프로젝트'는 다음과 같이 메인 화면에서 가장 큰 버튼입니다. [프로젝트 만들기] 버튼을 누릅니다.

그림 4-70 새 프로젝트 만들기

프로젝트의 화면 비율을 선택해야 합니다. 보통 가로가 긴 '16:9의 비율'로 영상을 제작합니다. 특별한 경우가 아니면 일반적으로 16:9를 선택하여 작업합니다.

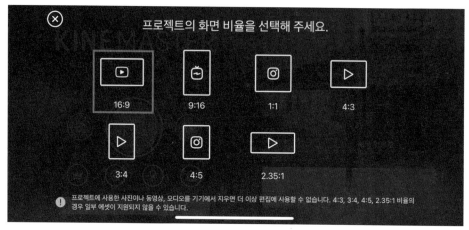

그림 4-71 프로젝트의 화면 비율 선택

키네마스터의 프로젝트가 새로 생성되면서 다음과 같이 빈 화면이 나타납니다. 각 화면의 영역이 무엇을 뜻하는지 간단하게 살펴보겠습니다.

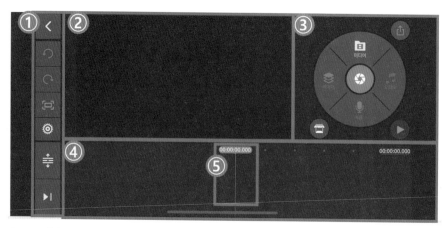

그림 4-72 키네마스터의 화면 구성

❶ 사이드바 메뉴: 사이드바 메뉴에는 보조 기능을 하는 메뉴들이 있습니다.

❷ **화면 뷰어**: 영상 편집을 할 때 플레이헤드가 가리키는 화면이 나타납니다.

❸ **메인 메뉴**: 영상 편집을 할 때 필요한 메뉴들이 나타납니다.

❹ **타임라인**: 영상 클립들의 순서와 길이를 조정하며 편집하는 곳입니다.

❺ **플레이헤드**: 편집할 때 기준점이 되며 플레이헤드를 이동시켜 원하는 시간대로 접근할 수 있습니다.

키네마스터 편집 영상 불러오기

영상을 편집하기 위해 필요한 영상을 불러오겠습니다. 스마트폰에 저장된 영상과 사진을 불러오기 위해서는 우선 다음 그림과 같이 메인 메뉴 영역에서 [미디어]를 선택합니다.

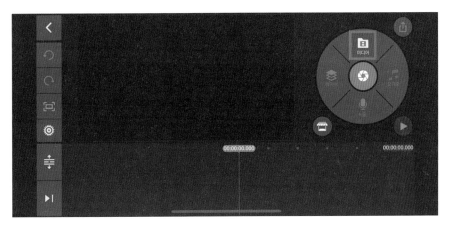

그림 4-73 키네마스터 편집에 필요한 영상 불러오기 – [미디어]

여러분의 스마트폰에 저장된 사진과 비디오를 확인할 수 있습니다. 가장 왼쪽에는 '비디오' 탭과 '사진' 탭이 있습니다. 안드로이드 스마트폰의 경우 화면 구성이 다음 그림과 다소 다르지만, 사진이나 동영상이 저장된 폴더로 이동하면 됩니다. 영상을 터치할 경우 바로 아래쪽 타임라인에 추가됩니다.

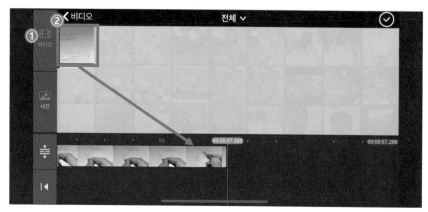

그림 4-74 영상 선택하기

편집하고자 하는 영상을 모두 선택했다면 오른쪽 상단에 위치한 '체크'를 누릅니다. '체크'
를 누르면 [미디어] 선택 화면에서 벗어납니다.

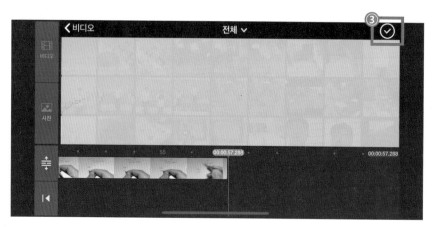

그림 4-75 오른쪽 상단 체크를 눌러 선택 완료하기

키네마스터 기본 조작법 4가지

키네마스터는 PC와 달리 모바일에서만 실행되며 마우스가 아닌 손으로 모든 편집 작업
이 이루어집니다. 따라서 기본 조작 방법이 PC와 다릅니다. 키네마스터에서만 할 수 있
는 기본 조작 방법에 대해 살펴보겠습니다.

❶ 타깃 선택 (영상 클립 내부를 선택하느냐 외부를 선택하느냐)

무엇을 선택하는지가 중요합니다. PC에서 영상 편집을 하는 것과 마찬가지로 모바일 역
시 명령을 내릴 대상을 분명하게 선택해야 합니다. 다음 그림은 아무것도 선택하지 않았
을 때의 모습입니다.

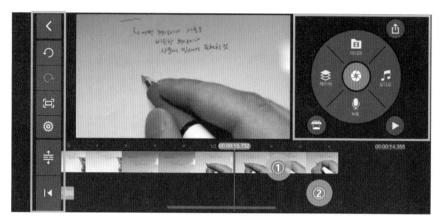

그림 4-76 기본 조작법 1: 타깃 선택하기

하지만 영상 클립을 선택할 경우 다음 그림과 같이 변합니다. 선택하지 않았을 때❷와 선
택했을 때❶는 어떤 차이점이 있을까요? 영상 클립을 선택하면 우선 타임라인에 노란색
테두리가 나타나며 이는 선택된 대상을 나타냅니다. 그리고 메인 메뉴와 사이드바에 나
타나는 메뉴가 달라집니다. 지금은 영상 클립을 선택했지만, 오디오 클립이나 자막 클립
을 선택했을 때 나타나는 메뉴 또한 상황에 맞게 달라집니다.

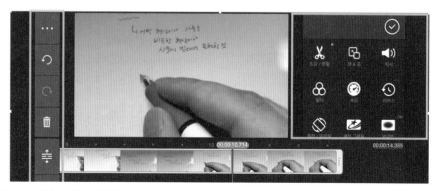

그림 4-77 영상 클립을 선택했을 때 사이드바와 메뉴 변화

❷ 타임라인 배율 확대/축소하기

이번에는 손가락 2개를 이용하는 방법입니다. 다음 그림과 같이 영상 클립의 아래쪽에는 빈 여백이 있습니다. 이 여백 영역에서 두 손가락을 오므렸다 폈다 하면 타임라인의 화면 배율이 확대 또는 축소됩니다. 영상의 길이에는 아무런 변화가 없습니다. 다만 보는 방식이 바뀝니다. 좀 더 세부적인 부분을 보고자 할 때는 두 손가락을 넓힙니다. 전체적인 부분을 넓게 보고자 할 때는 두 손가락을 오므립니다.

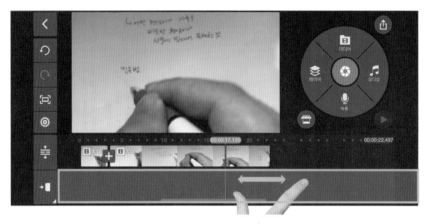

그림 4-78 기본 조작법 2: 타임라인 배율 확대/축소하기

❸ 꾹 눌러서 손가락을 떼지 않은 상태로 드래그하기

영상 클립을 길게 누르면 해당 영상 클립의 순서를 바꿀 수 있습니다. 옮기고 싶은 영상 클립을 누른 상태에서 손가락을 떼지 않은 채 앞이나 뒤로 드래그하면 영상 클립의 배치가 달라집니다. 자막이나 음악 클립의 경우 시작하는 시간을 다르게 하고자 할 때 이 기능을 사용합니다.

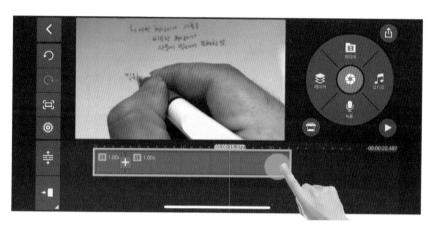

그림 4-79 기본 조작법 3: 손가락으로 영상 클립 길게 눌러 드래그하기

❹ 드래그하여 플레이헤드 이동하기

이번에는 영상 클립의 바깥 부분, 빈 여백 부분을 드래그합니다. 이렇게 하면 플레이헤드 (붉은색 선)를 이동할 수 있으며 표시되는 화면이 달라집니다. 원하는 시간대로 이동할 수 있기 때문에 실제 편집 과정에서 많이 사용하는 조작 방법입니다.

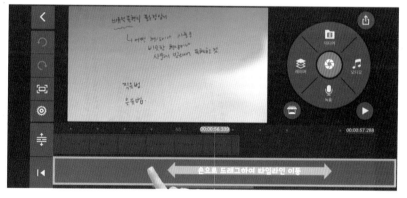

그림 4-80 기본 조작법 4: 손으로 드래그하여 플레이헤드 이동하기

키네마스터 기본 컷 편집

영상 편집 프로그램의 가장 기본적이고 핵심적인 기능은 '컷 편집' 기능입니다. 영상 편집이 결국은 필요한 부분은 살리고 필요하지 않은 부분은 잘라내는 과정의 연속이기 때문입니다. 생각보다 간단하고 쉽습니다. 순서대로 한 번 살펴보겠습니다.

❶ 원하는 위치에 플레이헤드 놓기

타임라인에 배치된 영상 클립의 아래쪽 검은 여백 부분을 드래그하여 플레이헤드를 이동합니다. 플레이헤드를 전체 클립의 길이 중 원하는 위치에 놓습니다. 이때 플레이헤드는 일종의 기준선 역할을 합니다.

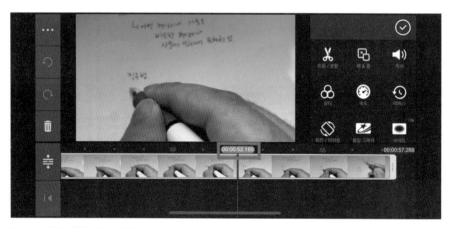

그림 4-81 원하는 위치에 플레이헤드 놓기

❷ 트림/분할 클릭

영상 클립을 터치하여 선택하면 노란색 테두리가 나타납니다. 이는 영상 클립이 선택되었다는 의미입니다. 그러면 화면 오른쪽 상단에 편집할 수 있는 다양한 메뉴가 나타납니다. 그중에서 [트림/분할]이라는 가위 모양의 아이콘이 있는 기능을 선택합니다.

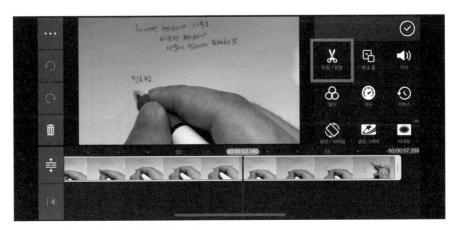

그림 4-82 컷 편집 기능을 위한 트림/분할 기능 실행

❸ 트림/분할 옵션 선택하기

[트림/분할] 기능을 선택하면 다시 세부 옵션이 나타납니다. 아이콘의 모양만 살펴봐도 각 옵션이 어떤 기능을 하는지 직관적으로 알 수 있습니다. 자신이 연출하고자 하는 기능을 선택하면 됩니다.

플레이헤드의 왼쪽을 트림

플레이헤드를 기준으로 영상의 왼쪽 부분을 잘라 냅니다.

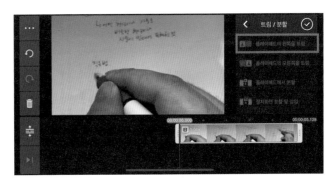

그림 4-83 플레이헤드의 왼쪽을 트림

플레이헤드의 오른쪽을 트림

플레이헤드를 기준으로 영상의 오른쪽 부분을 잘라냅니다.

그림 4-84 플레이헤드에서 분할

플레이헤드에서 분할

하나의 영상 클립을 두 개의 구간으로 나눕니다. 구간으로 나눈 후 다양한 추가 작업을 할 수 있어 실제 많이 사용되는 기능입니다.

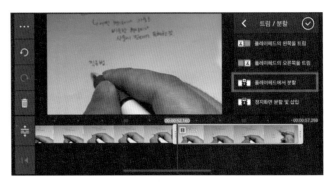

그림 4-85 플레이헤드의 오른쪽을 트림

정지화면 분할 및 삽입

플레이헤드가 나타내는 프레임을 정지구간으로 만들어줍니다.

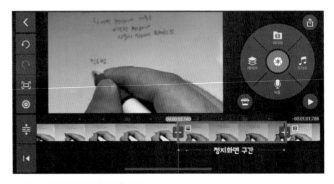

그림 4-86 정지화면 분할 및 삽입

❹ 가장자리 드래그

영상을 클릭하면 가장자리 쪽에 두꺼운 테두리가 생깁니다. 이 테두리 부분을 드래그하여 영상을 컷 편집할 수 있습니다. 간편하게 영상의 앞부분과 뒷부분에서 불필요한 부분을 편집할 수 있습니다. 또한 이 방법은 자막이나 음악의 길이를 조정할 때 많이 활용됩니다.

그림 4-87 가장자리를 드래그하여 컷 편집하기

키네마스터 텍스트(자막) 넣기

텍스트(자막)는 수업 영상을 만들 때 꼭 들어가야 하는 요소입니다. 영상에서 다 하지 못한 정보를 자막을 통해 제공할 수 있습니다. 키네마스터에서는 텍스트(자막) 기능이 지원되며 스타일 또한 쉽게 연출할 수 있습니다. '에셋 스토어'를 통해 상업적으로도 저작권의 제한을 받지 않는 폰트를 쉽게 설치하여 적용할 수 있습니다.

자막을 넣기 위해 우선 플레이헤드를 맨 앞으로 이동시키겠습니다. 다음 그림과 같이 드래그하여 플레이헤드를 영상의 맨 앞부분으로 옮겨 놓습니다.

그림 4-88 자막을 넣기 위해 플레이헤드 이동

텍스트(자막)를 넣기 위해서는 [레이어] 메뉴를 먼저 선택해야 합니다. 이 메뉴가 나타나기 위해서는 아무것도 선택하지 않은 상태여야 합니다. 혹시 영상이 선택된 상태를 나타내는 '노란색 테두리'가 표시된다면 화면의 여백 부분을 터치하여 선택을 해제합니다. 다음 그림과 같이 오른쪽 상단 메뉴에서 [레이어]를 선택합니다.

그림 4-89 [레이어] 메뉴 선택하기

[레이어]를 누르면 삽입할 수 있는 다양한 요소가 펼쳐집니다. 그중 [텍스트]를 선택합니다.

그림 4-90 [텍스트] 선택하기

텍스트를 입력할 수 있는 창이 나타납니다. 이 화면에서 여러분이 입력하고자 하는 글자를 타이핑하여 입력합니다. 입력을 완료하려면 오른쪽 상단 '체크'를 선택합니다.

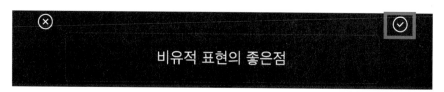

그림 4-91 텍스트 입력하기

텍스트 입력을 완료했습니다. 입력 후 달라진 점은 크게 2가지가 있습니다.

우선 화면에 입력한 텍스트가 나타납니다. 화면에서 텍스트의 위치를 자유롭게 옮길 수 있습니다. 또한 크기를 자유롭게 조정할 수 있으며 회전을 줄 수도 있습니다. 직관적으로 조정할 수 있다는 점이 큰 장점입니다.

타임라인을 보면 노란색 배경의 클립이 생겼습니다. 바로 '텍스트 레이어'입니다. 레이어 (Layer)라는 영어 단어의 뜻이 '층'이며, 텍스트 레이어가 이렇게 층을 쌓아 올려 추가된 것입니다.

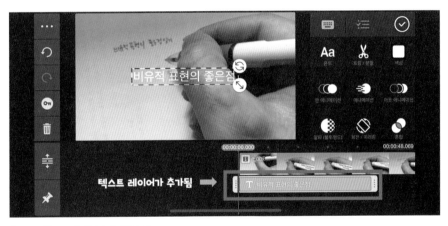

그림 4-92 텍스트 레이어가 추가된 모습

이 텍스트 레이어는 영상 클립과 같이 선택하면 노란색 테두리가 나타납니다. 또한 왼쪽 과 오른쪽 가장자리에 두꺼운 부분이 나타나는데, 이 부분을 드래그하면 텍스트가 화면 에 표시되는 길이를 조정할 수 있습니다.

그림 4-93 가장자리 드래그로 자막의 길이 조정하기

이미 입력한 텍스트 내용을 수정하고자 할 때는 텍스트 레이어가 선택된 상태에서 오른쪽 상단에 '키보드 모양 아이콘'을 선택합니다. 해당 아이콘을 선택하면 다시 텍스트를 입력하는 창으로 넘어가고 여기서 내용을 수정할 수 있습니다. 수정이 완료되면 다시 오른쪽 상단 '체크'를 선택합니다.

그림 4-94 텍스트 수정하기

키네마스터 텍스트 스타일 연출하기

키네마스터의 텍스트 스타일은 '폰트', '색상', '외곽선', '그림자' 등을 이용해 연출할 수 있습니다. 특히 폰트의 경우 키네마스터에서 자체 제공하는 '에셋 스토어'를 통해 외부 폰트를 쉽게 다운로드하여 적용할 수 있습니다.

❶ 폰트 변경하기

폰트를 바꾸는 방법은 다음과 같습니다. '텍스트 레이어'를 선택한 다음 오른쪽 상단의 [폰트] 메뉴를 선택합니다.

그림 4-95 폰트 변경하기

폰트를 다운로드받으려면 '에셋 스토어'를 실행해야 합니다. 오른쪽 상단에 있는 가게 모양의 아이콘이 '에셋 스토어'입니다. 아이콘을 선택합니다.

그림 4-96 '에셋 스토어' 아이콘 선택하기

'에셋 스토어'의 왼쪽 사이드 탭에서 [T]를 선택합니다. 다운로드받을 수 있는 폰트 목록
이 나타납니다. 본인이 원하는 스타일에 맞춰 '고딕체', '명조체', '디스플레이', '필기체' 등
의 분류를 통해 쉽게 찾을 수 있습니다. 이곳에는 상업적으로도 사용 가능한, 저작권에서
자유로운 폰트만 모아 놓았습니다. 폰트를 둘러본 후 다운로드받고자 하는 폰트를 선택
합니다.

그림 4-97 다운로드받고자 하는 폰트 선택하기

선택한 폰트의 크기 및 라이선스 등 세부정보가 나타납니다. [다운로드] 버튼을 클릭하면
여러분의 스마트폰으로 바로 설치됩니다. 설치가 완료되면 뒤로 가기를 선택한 후 '에셋
스토어'에서 나갑니다.

그림 4-98 폰트 [다운로드] 하기

다운로드받은 폰트는 다음과 같은 순서로 적용할 수 있습니다. 한국어 폰트를 다운로드 받았기 때문에 왼쪽 사이드바에는 '한국어' 탭이 나타납니다. '한국어' 탭을 선택한 후 다 운로드받은 폰트를 선택합니다. 그리고 오른쪽 상단에 위치한 '체크'를 선택하면 해당 폰 트가 적용됩니다.

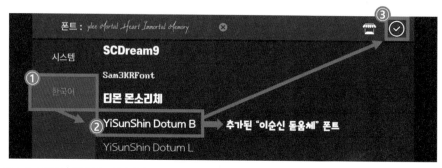

그림 4-99 다운로드받은 폰트 적용하기

❷ 색상 변경하기

텍스트의 색상을 변경하는 방법 역시 오른쪽 상단에 위치한 메뉴를 이용합니다. '텍스트 레이어'를 선택한 후 오른쪽 상단 메뉴에서 [색상]을 선택합니다. 기본 색상은 '흰색'으로 설정되어 있습니다. '흰색' 부분을 선택합니다.

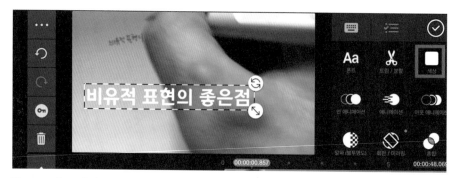

그림 4-100 텍스트의 색상 변경하기

키네마스터에서 3가지 옵션을 이용하여 색상을 변경할 수 있습니다. 옵션마다 탭을 이용 해 색상 선택 방법을 달리할 수 있습니다.

첫 번째는 '팔레트'를 이용해 색상을 선택합니다. 표준 팔레트를 이용해 대표적인 색상을 선택할 수 있습니다. 또한 이 옵션을 이용해 색상을 여러 번 선택하면 최근 사용한 색상에 그동안 선택한 색상이 나타나기 때문에 좀 더 쉽게 자주 사용하는 색상을 선택할 수 있습니다.

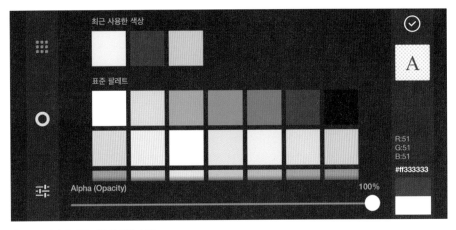

그림 4-101 '팔레트'를 이용한 색상 선택

두 번째 방법은 '색상환'을 이용한 색상 선택 옵션입니다. 이 옵션은 색상을 선택한 후 채도를 조정하여 다양한 색상을 선택할 수 있다는 장점이 있습니다. 앞서 살펴본 팔레트 옵션보다 더 다양하고 세부적인 색상들을 적용할 수 있습니다.

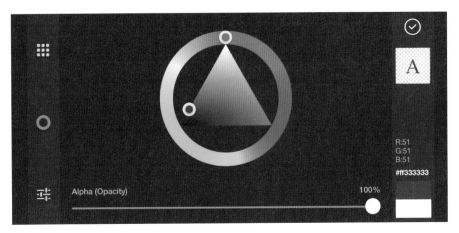

그림 4-102 '색상환'을 이용한 색상 선택

세 번째 방법은 'RGB 슬라이더'의 값을 조정하거나 고유의 '색상 코드'를 입력하여 색상을 선택하는 방법입니다. 컴퓨터는 컬러를 표현할 때 붉은색, 녹색, 파란색을 서로 조합하여 나타냅니다. 색상마다 256가지의 값을 줄 수 있으며 이들을 조합했을 때 약 16만 가지의 색상을 나타낼 수 있습니다. 다음 그림의 경우는 R:51, G:51, B:51의 색상 값을 나타냅니다. 이 값들을 각각의 16진수로 나타내면 고유의 색상 코드를 갖게 됩니다. 이런 코드를 이용하여 색상을 선택하면 구체적인 값으로 나타낼 수 있기 때문에 색상을 더 정확하게 공유할 수 있습니다.

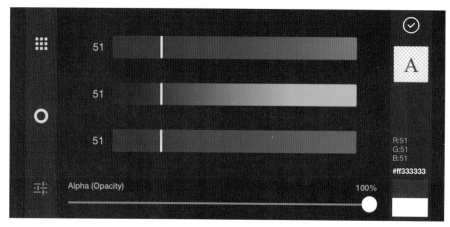

그림 4-103 'RGB 슬라이더'와 '색상 코드'를 이용한 색상 선택

색상을 선택하는 3가지 옵션에 대해 살펴봤습니다. 옵션마다 특징이 분명하기 때문에 각자 상황에 맞는 방법을 활용할 수 있습니다. 최종적으로 색상을 선택했다면 오른쪽 상단의 '체크' 아이콘을 눌러 새로운 색상을 적용합니다.

윤곽선과 그림자를 추가해 텍스트의 가독성 높이기

다음 그림과 같이 흰색으로 된 텍스트의 경우 영상의 배경에 따라 텍스트가 보이기도 하고 안 보이는 부분도 생깁니다. 어느 영상이든지 텍스트는 또렷하게 보여야 합니다. 그래서 이런 문제점을 예방하기 위해 '윤곽선'과 '그림자' 추가를 통해 텍스트의 가독성을 높여야 합니다. 키네마스터에서는 해당 기능을 '체크'를 통해 쉽고 간편하게 구현할 수 있습니다.

그림 4-104 배경과 구별되지 않아 가독성이 떨어지는 텍스트

텍스트를 선택한 후 오른쪽 상단에 나타나는 메뉴에서 조금 더 밑으로 내려보면 '윤곽선' 기능이 있습니다. 아이콘 모양도 굵은 외곽선의 T 모양인데, 이 기능을 이용해 텍스트에 '윤곽선'을 연출할 수 있습니다.

그림 4-105 '윤곽선' 추가하기

'윤곽선'을 먼저 '적용'해야 윤곽선의 두께를 설정하는 슬라이더가 활성화됩니다. 기본 굵기 15를 기준으로 슬라이더를 왼쪽으로 옮기면 윤곽선의 두께가 얇아집니다. 여기서는 굵기를 5로 두었습니다. 굵기를 정한 후 오른쪽 상단의 체크 아이콘을 눌러 윤곽선을 적용합니다.

그림 4-106 '윤곽선' 적용과 두께 조절

이번에는 '그림자'를 넣어보겠습니다. '그림자' 역시 '윤곽선'과 마찬가지로 오른쪽 상단 메뉴에서 적용할 수 있습니다. 텍스트를 선택한 후 오른쪽 상단 메뉴에서 [그림자]를 선택합니다.

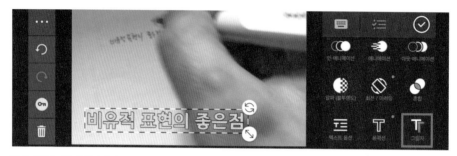

그림 4-107 '그림자' 추가하기

'그림자' 역시 '적용'을 눌러 그림자를 적용합니다. '그림자'는 '거리'와 '각도'를 조정합니다. '거리'는 본 텍스트와 그림자의 거리입니다. 너무 멀지 않게 거리를 5로 설정했습니다. '각도'는 텍스트를 기준으로 그림자를 어디에 배치할지 설정하는 것입니다. 특별한 일이 없으면 '각도'는 기본값 그대로 적용합니다. 오른쪽 상단의 '체크'를 선택하여 적용합니다.

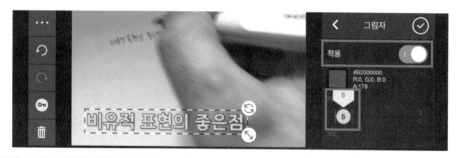

그림 4-108 '그림자'의 적용과 거리 및 각도 조절

'윤곽선'과 '그림자'를 추가했습니다. 간단한 작업이지만, 적용 전과 후를 비교해보면 확실한 차이를 느낄 수 있습니다. 이처럼 텍스트를 입력하고 스타일을 연출할 때 '윤곽선'과 '그림자'를 추가하여 가독성을 높일 수 있습니다.

윤곽선과 그림자 적용 전

윤곽선과 그림자 적용 후

그림 4-109 윤곽선과 그림자를 적용하기 전과 후 비교

자간 줄이기를 통해 텍스트의 가독성 높이기

'자간'을 줄이는 방법 또한 텍스트의 가독성을 높이는 방법입니다. 보통 아무 설정을 하지 않고 텍스트를 두는 것보다 자간을 줄여서 텍스트를 두면 한눈에 좀 더 많은 양의 글자를 볼 수 있습니다. 또한 글자 간의 간격이 살짝 좁아지면 경우에 따라 더 좋아 보이기도 합니다. 자간을 줄일 때는 다음 그림처럼 [텍스트 옵션]을 선택합니다.

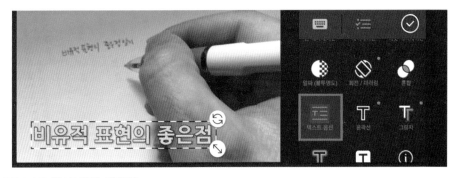

그림 4-110 '텍스트 옵션' 선택하기

[텍스트 옵션]에서는 '글자 정렬' 및 '자간'(글자 간 간격), '행간'(두 줄을 나누는 간격)을 설정할 수 있습니다. '글자 정렬'은 왼쪽 정렬, 가운데 정렬, 오른쪽 정렬이 있습니다. 또한 '밑줄 기능(U)'을 이용하면 텍스트에 밑줄을 그을 수 있습니다. '자간'은 그 아래쪽에 위치합니다. 슬라이더를 좌우로 드래그하여 '자간'을 설정할 수 있습니다. 0을 기준으로 마이너스인 음수값을 주면 글자 간의 간격이 서로 가까워집니다. 다음 그림과 같이 자간의 값을 −10으로 설정한 후 오른쪽 상단의 체크 표시를 클릭합니다.

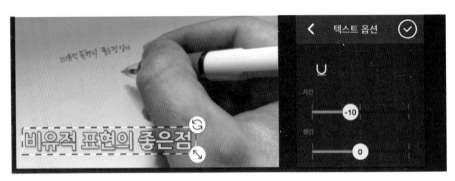

그림 4-111 '자간' 조절하기

텍스트에 애니메이션 넣기

텍스트에 '애니메이션 효과'를 넣어보겠습니다. 키네마스터에서 애니메이션을 넣는 작업 역시 직관적입니다. 적용하고자 하는 애니메이션을 선택한 후 화면에 애니메이션이 적용된 모습을 미리 보여줍니다. 애니메이션이 몇 초 동안 나올지 결정한 후 체크 표시를 선택하면 바로 적용됩니다. 마치 파워포인트에서 애니메이션을 넣는 것과 비슷한 과정이기 때문에 해당 기능을 쉽게 이용할 수 있습니다.

애니메이션은 다음 그림과 같이 텍스트를 선택한 후 오른쪽 상단 메뉴에서 [인 애니메이션], [애니메이션], [아웃 애니메이션] 이렇게 3부분으로 나눠서 적용할 수 있습니다. '인 애니메이션'은 처음에 들어갈 때의 애니메이션이라면 '아웃 애니메이션'은 마지막에 나올 때의 애니메이션입니다. '애니메이션'은 그 나머지 부분에 동작을 주는 옵션입니다. [인 애니메이션]을 선택하겠습니다.

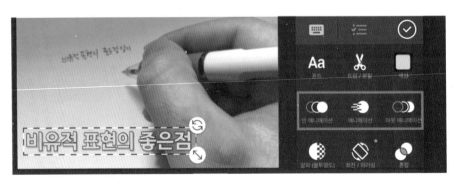

그림 4-112 텍스트 애니메이션 메뉴

[인 애니메이션]을 선택하면 적용할 수 있는 애니메이션 목록이 나타납니다. 처음에는 '없음'으로 기본 설정되어 있습니다. 애니메이션 효과를 선택하면 해당 애니메이션 효과를 미리 보여줍니다. 그중에서 '타이핑' 효과를 선택하면 글자를 직접 키보드로 타이핑하여 나타내는 것과 같은 애니메이션 효과를 연출합니다. 애니메이션 효과 아래쪽에서는 해당 애니메이션의 길이를 조그 다이얼 형태의 아이콘을 움직여서 조정할 수 있습니다. 기본 길이는 1초로 설정되어 있습니다. 애니메이션을 적용하고자 한다면 오른쪽 상단 체크 표시를 선택합니다.

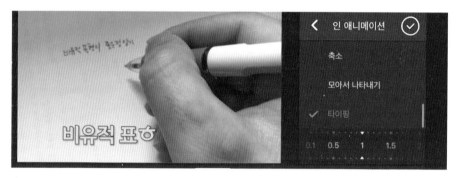

그림 4-113 '인 애니메이션'에서 '타이핑' 효과 적용하기

애니메이션을 넣는 과정은 '인 애니메이션'만 넣어봐도 단번에 이해가 될 만큼 과정이 간단하고 쉽습니다. 넣고자 하는 애니메이션을 선택한 후 애니메이션이 적용될 길이를 맞춰주면 됩니다. 다른 애니메이션도 한 번 넣어보기를 바랍니다. 적용한 애니메이션을 해제하고 싶다면 애니메이션을 '없음'으로 두면 적용된 애니메이션이 해제됩니다.

오디오 추가하기

키네마스터에서 효과음과 배경음악을 추가할 때는 '에셋 스토어'를 통해 다운로드받은 음원을 적용할 수 있습니다. 또한 스마트폰에 저장된 음원을 사용할 수 있으며 자신의 목소리를 바로 녹음하여 내레이션처럼 활용할 수 있습니다.

효과음을 추가하는 방법은 다음과 같습니다. 먼저 아무것도 선택하지 않은 상태에서 오른쪽 상단 메뉴에서 [오디오]를 선택합니다.

그림 4-114 오디오 추가하기

왼쪽 사이드 탭에서 '음악 에셋', '효과음 에셋', '녹음', '내부 저장 공간'을 선택할 수 있습니다. '음악 에셋'과 '효과음 에셋'은 키네마스터의 '에셋 스토어'에서 다운로드받은 음원을 사용할 수 있습니다. [효과음 에셋]을 선택합니다.

그림 4-115 [효과음 에셋] 선택하기

현재는 '에셋 스토어'에서 다운로드받은 효과음이 없기 때문에 목록에 효과음이 나타나지 않습니다. 효과음 받기 버튼을 선택하여 효과음을 다운로드받습니다. 버튼을 누르면 '에셋 스토어'가 나타납니다.

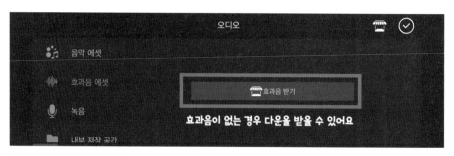

그림 4-116 효과음 다운로드하기

'에셋 스토어'에서 해당 효과음을 미리 들어보고 다운로드도 쉽게 할 수 있습니다. 다만 폰트와 달리 음원의 경우 무료 버전은 Free로 표시된 음원만 다운로드받을 수 있습니다. 유료 버전의 경우는 Premium과 Free로 표시된 모든 음원을 다운로드받을 수 있습니다. 다운로드 버튼을 선택하면 스마트폰으로 설치됩니다.

그림 4-117 에셋 스토어에서 효과음 탐색 및 다운로드

화면 왼쪽 상단 'X' 버튼을 눌러 '에셋 스토어'를 닫습니다. 앞에서와 달리 이번에는 다운로드받은 음원이 표시됩니다. 해당 음원을 선택하면 음정별로 High, Low, Mid-High, Mid-Low로 세분화되어 있음을 알 수 있습니다. 음원을 선택하면 미리 들어볼 수 있습니다. 들어보고 난 후 타임라인으로 추가하고자 한다면 [+] 버튼을 선택합니다. [+] 버튼을 선택하면 해당 음원(효과음)이 추가됩니다.

그림 4-118 다운로드받은 효과음 추가하기

다음과 같이 효과음이 타임라인에 적용된 것을 볼 수 있습니다. 효과음이 현재는 플레이 헤드를 기준으로 배치됐습니다. 이것을 변경하고자 한다면 효과음 클립을 길게 누른 채

로 드래그하여 효과음이 나타나는 시점을 변경할 수 있습니다. 효과음을 넣는 것과 같이 배경음악도 비슷한 과정을 통해 추가할 수 있습니다.

그림 4-119 추가된 효과음

오디오 음량 조절하기

오디오 중 특히 음악을 추가하여 재생해보면 기존 영상 소리와 음악 소리가 함께 뒤섞여 정작 영상의 소리가 잘 들리지 않는 경우가 많습니다. 그런 상황에서 음악 소리의 음량을 조절하여 기존 영상 소리가 잘 들리게 할 수 있습니다. 음량을 조정하는 방법을 알아보겠 습니다. ❶우선 음량을 조정하고자 하는 클립을 선택합니다. ❷그 다음 오른쪽 상단 메뉴 에서 믹서를 선택합니다.

그림 4-120 음량을 조절하는 '믹서' 기능

❸믹서 기능을 통해 영상이나 음악 클립의 소리를 줄이거나 키울 수 있습니다. 믹서 슬라 이더를 위아래로 움직여 소리의 크기를 조정합니다. 100을 기준으로 하여 값을 줄이면

소리도 그만큼 줄어듭니다. 배경음악의 경우는 20~30 정도의 값으로 변경합니다. 값을 변경한 후 오른쪽 상단 '체크' 표시를 선택해 작업을 완료합니다.

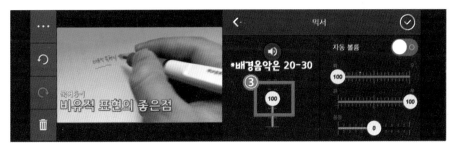

그림 4-121 '믹서' 기능으로 볼륨 줄이기

재생해보면 음악 소리의 크기가 이전과 달리 줄어든 것을 확인할 수 있습니다. 이처럼 믹서 기능을 이용하여 음량을 조정할 수 있습니다. 믹서 기능은 음악 클립뿐만 아니라 오디오가 있는 영상 클립에도 똑같이 지원됩니다. 영상 클립의 소리도 믹서로 조정할 수 있습니다.

상세 볼륨으로 특정 구간 소리 줄이기

영상의 길이가 음악보다 짧은 경우 음악 클립을 컷 편집하여 길이를 비슷하게 맞출 수 있습니다. 음악 클립의 가장자리 부분을 드래그하여 길이를 조정할 수 있으며, 또는 트림/분할 기능 중 '오른쪽을 트림'하여 간편하게 길이를 조정할 수 있습니다. 이 경우 음악이 갑자기 확 끊어지는 느낌이 있기 때문에 부드럽게 음악 소리가 줄어들 수 있게 연출하는 과정이 필요합니다. 키네마스터에서는 '상세 볼륨' 기능을 이용하여 이런 문제점을 해결할 수 있습니다.

❶플레이헤드를 이동시킵니다. 이때 완전히 끝으로 이동시키기보다 조금 여유를 두고 플레이헤드를 조정합니다. 그리고 ❷음악을 선택한 후 ❸오른쪽 상단 메뉴에서 [상세 볼륨]을 선택합니다.

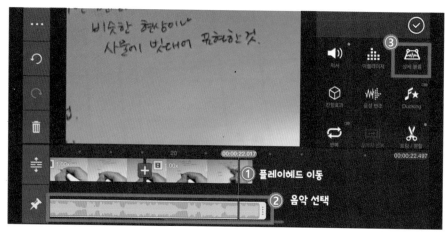

그림 4-122 '상세 볼륨' 기능 사용하기

❹다음 그림과 같이 '키프레임 추가 버튼'을 선택합니다. '키프레임(Keyframe)'은 특정한 속성값의 차이를 이용해 움직임을 주고자 할 때 기준이 되는 프레임입니다. 현재 우리는 볼륨 값의 차이를 주어 소리가 점점 줄어드는 것을 연출하고자 합니다. 키프레임을 추가하면 음악 클립에 키프레임이 표시됩니다. 지금은 키프레임의 시작점을 생성했습니다.

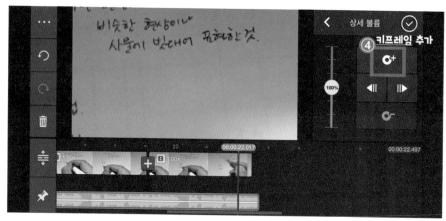

그림 4-123 키프레임 추가하기

시작이 있으면 늘 끝이 있습니다. 키프레임도 그러합니다. 키프레임 추가를 통해 키프레임의 시작을 만들었습니다. 이제 키프레임의 마지막을 만들어야 합니다. ❺플레이헤드를 완전히 음악 클립의 마지막 부분으로 이동시킵니다. 키프레임이 추가된 상태에서는 값의 차이만 있으면 자동으로 두 번째 키프레임이 추가됩니다. ❻볼륨을 0%로 변경하기만 해도 키프레임이 추가됩니다. 마지막 키프레임이 추가된 것입니다. 타임라인에 키프레임이 2개가 추가된 모습을 확인할 수 있습니다. 하얀색 선은 볼륨의 크기를 나타냅니다. 처음 키프레임에서 마지막 키프레임으로 선이 하강하는 것을 볼 수 있습니다. 볼륨이 선의 모양처럼 줄어드는 것을 시각적으로 확인할 수 있습니다. ❼체크를 선택하여 상세 볼륨에서 벗어납니다.

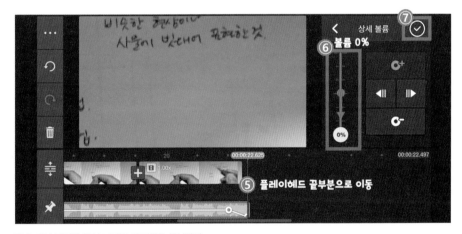

그림 4-124 볼륨을 줄여 마지막 키프레임 생성하기

이번에는 앞 구간으로 플레이헤드를 이동한 후 앞부분에서 소리가 점점 높아지는 영상을 연출하겠습니다. ❶다음 그림과 같이 플레이헤드를 맨 처음으로 이동시킵니다. 그리고 ❷음악 클립을 선택한 후 ❸오른쪽 상단 메뉴 [상세 볼륨]을 선택합니다.

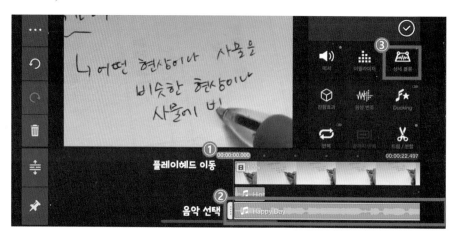

그림 4-125 앞 구간의 상세 볼륨 조정하기

❹처음에는 볼륨을 0%로 최대한 낮춥니다. 앞서 음악의 뒤 구간에 키프레임을 이미 추가한 상태이기 때문에 따로 '키프레임을 추가'하지 않고 볼륨만 줄여도 키프레임이 자동 생성됩니다.

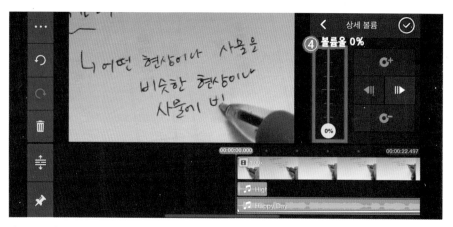

그림 4-126 앞 구간의 처음 키프레임의 볼륨을 0%로 지정

❺플레이헤드를 뒷부분으로 조금 이동한 후 ❻볼륨을 100%로 올려줍니다. 볼륨을 높이면 키프레임이 추가됩니다. 타임라인 오디오 클립에 표시되는 하얀색 선을 통해 소리가 높아지는 것을 볼 수 있습니다. ❼오른쪽 '체크'를 눌러 키프레임 작업을 완료합니다.

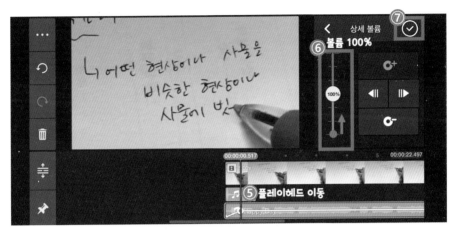

그림 4-127 앞 구간의 마지막 키프레임의 볼륨을 100%로 지정

키프레임은 항상 시작과 마지막을 생각해야 합니다. 소리가 높아지는 구간, 소리가 낮아지는 구간 각각 키프레임이 2개씩 필요합니다. 두 키프레임이 서로 다른 값이 되게 만들기만 하면 나머지 중간 과정은 프로그램이 자체적으로 계산하여 표현합니다. 앞서 소리가 높아지는 구간이나 소리가 낮아지는 구간도 각각 키프레임이 가리키는 볼륨의 크기가 달랐습니다. 이 원리를 이용해 키프레임을 응용해보기 바랍니다.

그림 4-128 상세 볼륨 키프레임을 이용하여 특정 구간 볼륨 조정하기

화면 속의 화면(Picture In Picture) 연출하기

키네마스터는 '레이어' 기능이 지원됩니다. 앞서 '텍스트(자막)' 역시 레이어 기능을 활용하여 넣었습니다. 이번에 연출할 '화면 속의 화면'도 레이어 기능을 활용한 사례입니다. 레이어 중에서 '미디어'를 선택하면 영상이나 사진을 '화면 속의 화면'으로 넣을 수 있습니다. 그리고 삽입한 영상이나 사진은 위치와 크기를 자유롭게 조정할 수 있어 다양한 화면으로 연출할 수 있습니다. 해당 기능의 사용 방법을 알아보겠습니다.

우선 영상 클립을 아무것도 선택하지 않은 상태여야 합니다. 혹시 특정 클립이 선택된 상태라면 오른쪽 상단 메뉴에서 '레이어' 메뉴가 나타나지 않습니다. 화면의 여백 부분을 터치하여 다음 그림과 같이 메뉴가 나타나게 해야 합니다. ❶[레이어] 메뉴를 선택한 후 ❷[미디어]를 순서대로 선택합니다.

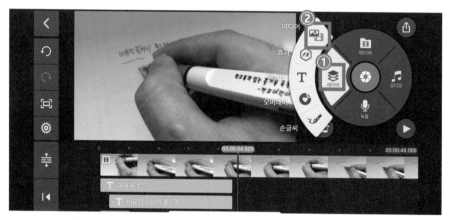

그림 4-129 [레이어] – [미디어] 선택하기

왼쪽에 '비디오'와 '사진' 탭이 있습니다. ❸그중 '사진' 탭을 선택하면 다음 그림과 같이 단색 배경과 이미지들이 나타납니다. 안드로이드폰의 경우 '단색 배경'이라는 폴더 안에 들어가면 해당 단색 배경과 이미지들을 볼 수 있습니다. 여기서는 ❹'눈 덮인 산'을 선택하고 ❺오른쪽 상단에 '체크'를 했습니다.

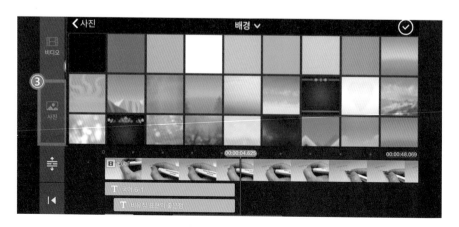

그림 4-130 단색 배경 및 이미지 선택하기

선택한 이미지가 레이어의 형태로 삽입됐습니다. 우선 화면 뷰어에는 해당 이미지가 있습니다. 이 이미지는 크기를 자유롭게 설정할 수 있습니다. 이미지 오른쪽 아래에 있는 화살표 기호를 드래그하면 이미지 크기를 자유롭게 설정할 수 있습니다. 또한 이미지를 드래그하여 원하는 위치로 옮겨서 배치할 수 있습니다. 타임라인에서는 왼쪽이나 오른쪽 가장자리를 드래그하여 해당 이미지의 길이를 조정할 수 있습니다. 또한 레이어를 길게 눌러 드래그하여 시작점을 변경할 수 있습니다.

그림 4-131 삽입한 이미지 크기 조정하기

화면의 크기와 위치를 조정하여 다음 그림과 같이 만들 수 있습니다. 현재는 사진을 넣은 상태지만, 영상을 넣으면 화면을 보고 설명하는 모습으로 연출할 수 있습니다.

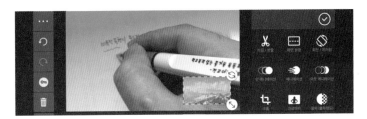

그림 4-132 크기와 위치를 조정한 모습

크로마키 기능으로 영상 합성하기

'크로마키' 기능은 영상의 특정 색상을 추출하여 제거하는 기능입니다. 특히 녹색이나 파란색 배경에서 촬영한 영상에 '크로마키' 기능을 적용하면 투명한 배경의 영상으로 만들 수 있습니다. 합성 영상을 연출하고자 할 때 필수적으로 사용되는 기능이며 뉴스나 일기 예보, CG 등 다양한 분야에서 사용됩니다. 키네마스터에서도 이런 '크로마키' 기능이 지원됩니다.

오른쪽 상단 메뉴에서 [레이어]를 선택한 후 [미디어]를 순서대로 선택합니다.

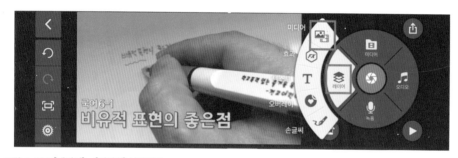

그림 4-133 [레이어] – [미디어] 선택하기

'비디오' 탭을 누른 후 녹색 배경에서 촬영한 영상을 선택합니다.

그림 4-134 녹색 배경의 영상 삽입하기

녹색 배경의 영상이 레이어로 삽입됐습니다. 레이어로 삽입된 영상의 경우 '크로마키' 기능이 활성화됩니다. 오른쪽 상단 메뉴에서 [크로마키]를 선택합니다.

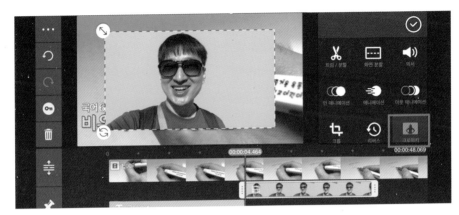

그림 4-135 [크로마키] 기능 실행하기

크로마키를 '적용'하면 '키 색상'에서 선택된 색상이 추출됩니다. 보통 기본값은 녹색으로 설정되어 있는데, '키 색상'을 선택하여 다른 색상으로 변경할 수 있습니다. 한 가지 색상만 추출할 수 있습니다. 색상이 추출되면 다음 그림과 같이 투명한 배경으로 처리됩니다.

그림 4-136 크로마키 기능 적용하기

영상의 크기와 위치를 자유롭게 설정할 수 있습니다. 다음과 같이 오른쪽 하단에 배치하여 기존 영상과 자연스럽게 합성한 모습으로 연출할 수 있습니다.

그림 4-137 영상의 크기와 위치 조정하기

영상 파일로 출력하기

편집을 모두 완료한 이후에 영상 파일로 출력하는 방법을 알아보겠습니다. ❶오른쪽 상단에 [내보내기] 아이콘을 선택하면 편집한 프로젝트를 영상 파일로 출력할 수 있습니다. 해당 아이콘을 선택합니다.

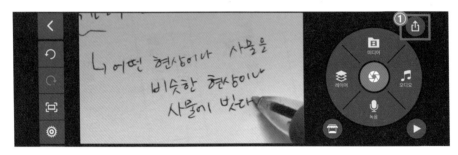

그림 4-138 영상 파일 출력하기

'내보내기 및 공유' 창이 나타납니다. ❷우선 해상도를 지정할 수 있습니다. '해상도'는 최대 4K 2160P까지 지원이 가능하지만, 무료 버전에서는 최대 HD 720P까지만 출력할 수 있습니다. ❸'프레임레이트'는 1초당 몇 장의 이미지로 영상을 구성할지 결정하는 옵션입니다. 표준 '프레임레이트'는 30입니다. ❹'비트레이트'는 슬라이더를 드래그하여 조정할 수 있습니다. 고화질일수록 파일 용량도 커집니다. 파일의 예상 용량도 미리 계산하여 표시하기 때문에 예상 용량을 보고 '비트레이트' 값을 설정하는 것이 좋습니다. ❺모든 설정 작업이 완료되면 [내보내기] 버튼을 선택하여 파일로 출력합니다.

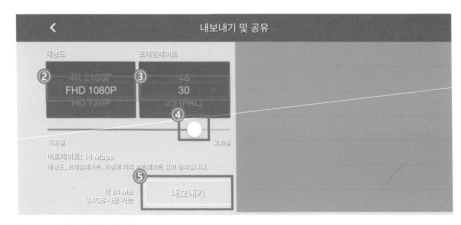

그림 4-139 내보내기 및 공유 창

내보내기 작업 진행 과정을 보여줍니다. 내보내기를 수행하는 동안 키네마스터를 닫거나 스마트폰 기기를 끄지 말라는 경고 메시지가 나타납니다.

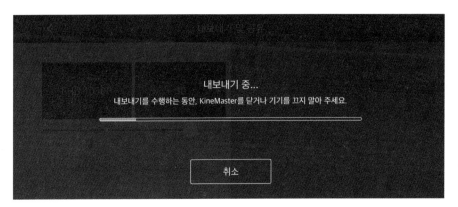

그림 4-140 내보내기 작업 진행도

작업이 완료되고 파일로 출력됐습니다. 출력이 완료된 파일은 스마트폰 '사진 앱'을 통해 확인할 수 있습니다. '사진 앱'에서 출력한 파일을 다른 사람들에게 전송할 수 있으며 다른 사이트에 업로드할 수 있습니다. 이렇게 키네마스터를 이용해 영상 편집하는 전체적인 과정을 살펴봤습니다. 스마트폰으로 직접 찍은 사진과 영상을 편집하여 수업에 활용해보세요. 몇 번의 시도와 연습으로 수준 높은 영상 편집을 할 수 있습니다.

그림 4-141 출력된 영상 파일

05장

쌍방향 수업에는 줌(Zoom)

" '줌'으로
쌍방향 수업 + 알파 챙기기 "

모르면 무섭고
알면 재미있는 줌
알아봐요

'줌(Zoom)'은 코로나 19 이후 가장 급격하게 많은 사람이 사용하게 된 온라인 화상회의 툴입니다. 최근에서야 많은 사람에게 알려진 툴이지만, 사실 2011년부터 서비스를 시작했습니다. 오랜 시간 동안 화상 비즈니스 회의용으로 서비스해왔는데, 온라인 개학 이후 이용자가 크게 늘었습니다. 화상회의의 기본 기능을 잘 갖추고 있고 사용 방법도 그다지 복잡하지 않아 널리 사용되는 툴입니다. 코로나 19로 인해 교육용 메일 계정에 한해 기존 무료 계정에 있던 40분 회의 제한 시간을 무제한으로 풀어놓아서 실시간 쌍방향 수업의 대표적인 툴로 떠올랐습니다. 지금부터 '줌(Zoom)'을 활용한 실시간 쌍방향 수업 방법을 알아보겠습니다.

5-1 줌 회원 가입하기

우선 줌 공식 웹사이트에 들어가 회원가입을 해야 합니다. 인터넷 브라우저 창을 열어 줌 웹사이트(https://zoom.us)에 접속합니다. 포털사이트(다음, 네이버, 구글 등)에서 접속할 경우 검색 키워드로 '줌 홈페이지'를 검색하여 'Zoom Meetings-Zoom' 링크를 클릭해 접속합니다.

그림 5-1 줌 공식 사이트 (https://zoom.us)

공식 홈페이지의 오른쪽 상단에 [무료로 가입하세요]라는 주황색 버튼이 있습니다. 그 버튼을 클릭하여 회원 가입 페이지로 이동합니다.

회의 참가
회의 호스팅
로그인
무료로 가입하세요

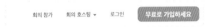

그림 5-2 화면 오른쪽 상단에 위치한 회원 가입 버튼

최근 줌 사이트는 회원 가입할 때 '생년월일'과 '개인정보 수집 · 이용에 대한 동의'에 동의해야 가입이 진행되는 식으로 변경됐습니다. '생년월일' 정보는 저장되지 않으니 가볍게 이 과정을 진행하면 됩니다.

'생년월일'과 '개인정보 수집 · 이용에 대한 동의' 절차를 거치면 다음과 같이 무료 가입 페이지(zoom.us/signup)가 나타납니다.

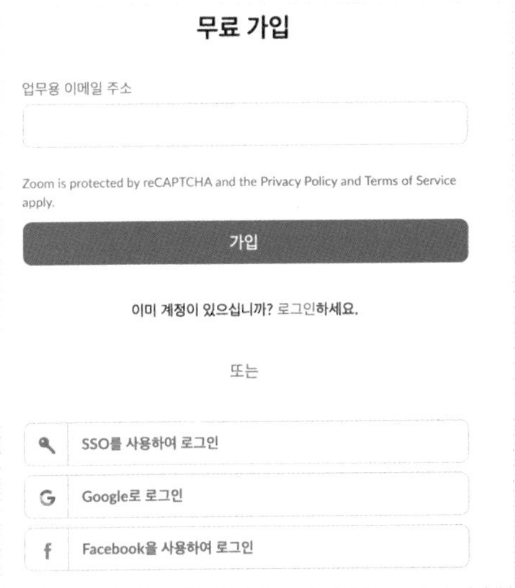
무료 가입
업무용 이메일 주소
Zoom is protected by reCAPTCHA and the Privacy Policy and Terms of Service apply.
가입
이미 계정이 있으십니까? 로그인하세요.
또는
SSO를 사용하여 로그인
Google로 로그인
Facebook을 사용하여 로그인

그림 5-3 줌 무료 가입 페이지

기존에 구글이나 페이스북 계정이 있다면 소셜 로그인 기능을 이용할 수 있습니다. 계정이 있는 플랫폼 배너('Google로 로그인', 'Facebook을 사용하여 로그인')를 클릭하면 해당 플랫폼 계정 로그인 창이 나타납니다. 해당 플랫폼 계정으로 로그인하면 별다른 정보 입력 없이 줌 회원으로 가입할 수 있습니다.

공무원의 경우 '@korea.kr' 도메인의 공직자 메일을 이용하는 것을 추천합니다. 공직자 도메인 계정은 교육용 계정으로 인식하여 당초 무료계정 40분 제한 옵션을 무제한으로 풀어줍니다(코로나 19로 일시적인 무제한 기능 부여). 이 기능을 활용하고자 한다면 '업무용 이메일 주소' 입력 폼에 본인의 공직자 메일 주소를 입력한 후 '가입'을 클릭하면 됩니다.

업무용 이메일 주소

◼◼◼◼@korea.kr

Zoom is protected by reCAPTCHA and the Privacy Policy and Terms of Service apply.

가입

그림 5-4 공직자 메일 계정으로 가입하기

해당 메일 계정으로 확인용 이메일을 발송했다는 메시지가 나타납니다. 반드시 입력한 메일로 접속해서 줌에서 보낸 이메일을 확인해야 합니다. 그리고 해당 이메일에 담겨 있는 확인 링크를 클릭해야 회원 가입 절차가 계속 진행됩니다.

◼◼◼◼@korea.kr에 이메일을 보냈습니다.
Zoom 사용을 시작하려면 해당 이메일의 확인 링크를 클릭합니다.

이메일을 받지 못한 경우, 다른 이메일을 재전송하세요.
Resend another email

그림 5-5 확인 링크 발송 안내 메시지

메일함을 새로 열어 줌에서 보낸 계정 활성화 링크를 클릭합니다. 메일을 열어보면 다음 그림과 같이 나타납니다. [계정 활성화] 버튼을 클릭합니다.

그림 5-6 줌에서 보낸 확인 링크(계정 활성화) 이메일

"학교를 대표해 가입하시나요?"라는 메시지가 나타난다면 [아니오]를 클릭하고 계속 회원 가입 과정을 진행합니다. 다음 그림과 같이 이름과 성, 비밀번호를 입력하는 페이지가 나타납니다. 비밀번호는 8자 이상이어야 하며 문자와 숫자를 각각 1개 이상씩 포함해야 합니다. 또한 대문자도 포함해야 합니다. 비밀번호를 만드는 규칙이 조금 까다롭게 느껴지기도 합니다. 조금 까다로운 규칙이기는 하지만, 내 계정을 지키기 위한 최소한의 조치입니다. 자신이 기억할 수 있는 비밀번호로 입력하면 됩니다.

그림 5-7 이름과 비밀번호 등 계정 정보 입력 페이지

2단계는 동료 초대 단계입니다. 주변에 줌 사용을 알리고 싶을 때 대상 이메일 계정을 입력하면 해당 이메일로 안내되는 과정입니다. 스팸메일로 이 기능을 이용할 수 있으니 '로봇이 아닙니다'에 체크해야 합니다. 초대가 불필요하거나 이 과정이 불편하다면 [이 단계 건너뛰기]를 클릭하여 다음 단계로 진행합니다.

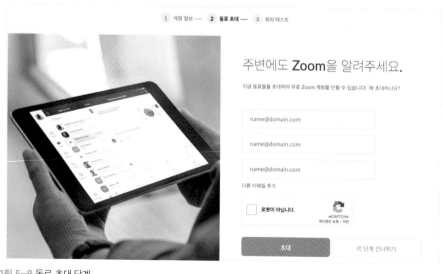

그림 5-8 동료 초대 단계

이제 회원 가입이 마무리됐습니다. 화면에 '개인 회의(=수업) URL' 링크가 나타납니다. 이제 다른 사람이 여러분의 '회의(=수업) URL' 링크 주소를 클릭하고 들어올 수 있습니다. 줌이 화상회의 비즈니스용으로 서비스되는 툴이라 수업을 위해 줌을 활용하려는 선생님이나 강사님들은 '회의'라는 용어를 '수업'으로 치환해 이해하면 됩니다.

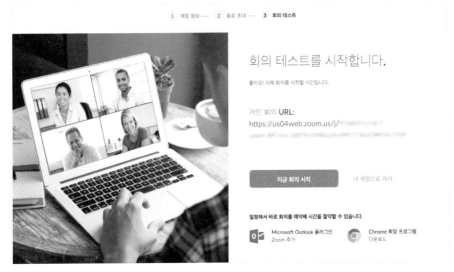

그림 5-9 회원 가입 마무리

5-2 회의 시작하기

줌에서 회의(=수업)를 시작하는 방법은 2가지입니다. '바로 시작하는 방법'이 있고 '어떤 특정한 시간에 시작할 수 있게 예약하는 방법'이 있습니다. 대부분은 특정 시간에 모두가 약속하여 모일 수 있게 예약해놓고 시작하는 경우가 많습니다. 특히 수업의 경우는 수업이 시작되는 시간에 수업을 미리 만들어놓고 해당 링크를 반 학생들에게 안내하여 수업을 진행합니다.

줌 홈페이지에서 회의 바로 시작하기

우선 회의를 바로 시작하는 방법은 다음과 같습니다. 줌 공식 홈페이지에 접속하면 오른쪽 상단에 회의를 바로 시작할 수 있는 메뉴가 있습니다. [회의 호스팅]이 바로 그 기능입니다. 말 그대로 회의를 주도적으로 여는 역할, '호스트(Host)'로서 회의를 개설하는 기능입니다.

그림 5-10 회의 호스팅 기능

홈페이지 오른쪽 상단에 있는 [회의 호스팅]에 마우스를 갖다 대면 3가지 옵션이 나옵니다. 회의를 개설하는 사람의 얼굴을 노출하지 않고 바로 회의를 개설하고자 한다면 '비디오 Off'를 선택합니다. 반면 회의 호스트의 얼굴을 보여주면서 바로 회의를 개설하고자 한다면 '비디오 On'을 선택합니다. 혹은 지금 내가 보고 있는 특정 장면이나 웹사이트, 프레젠테이션을 공유하고자 한다면 '화면만 공유'를 선택합니다. 상황에 따라 다양한 옵션을 선택하여 회의를 개설할 수 있습니다.

줌 홈페이지에서 회의 예약하기

예약을 미리 해놓으면 특정 시간대에 함께 모여 회의나 수업을 진행할 수 있습니다. 또한 미리 예약한 회의나 수업의 경우 접속 링크가 생성됩니다. 그래서 온라인 수업 상황에서 줌으로 수업하는 시간을 학생들에게 미리 공지할 때 해당 수업방에 접속할 수 있는 링크를 첨부할 수 있습니다.

홈페이지에서 예약하는 방법은 다음과 같습니다. 우선 줌 공식 홈페이지의 오른쪽 상단 메뉴에서 [내 계정]을 클릭합니다.

그림 5-11 회의 예약을 위해 [내 계정] 클릭

왼쪽 사이드 메뉴에서 [회의]를 클릭합니다. 그러면 오른쪽 화면 영역에 회의와 관련한 설정 화면이 나타납니다. 여기에서 오른쪽에 위치한 [회의 예약]을 클릭합니다.

그림 5-12 [회의 예약] 버튼 클릭

[회의 예약]을 클릭하고 나면 회의 설정을 하는 옵션이 화면 오른쪽 영역에 나옵니다. 각 옵션에 대해 살펴보겠습니다.

'주제'에는 회의방의 제목을 입력합니다. 온라인 수업의 경우 학생들이 줌으로 해당 수업 방에 접속했을 때 어느 과목인지 알 수 있게 구체적으로 작성하면 좋습니다.

'설명'은 선택사항이라서 좀 더 자세한 정보를 입력할 때 사용하지만, 입력하지 않아도 됩니다.

'시점'은 수업이 시작되는 시간을 설정합니다. '기간'에는 줌 해당 방이 몇 시간 진행될지를 설정합니다.

내 회의 > 회의 예약

회의 예약

주제	3학년 1반 줌 수학수업방
설명(선택 사항)	회의 설명 입력
시점	2020/08/31 📅 9:00 ⌄ AM ⌄
기간	1 ⌄ 시간 0 ⌄ 분

그림 5-13 [회의 예약] - '주제'와 '시점' 입력

📄 혹시 공직자 메일 계정(@korea.kr)이 있으신가요?

기본 무료 요금제는 참가자가 3명 이상이면 40분의 시간제한이 있습니다. 무제한으로 하기 위해서는 따로 계정 업그레이드(유료)가 필요합니다. '공직자 메일(@korea.kr)'로 가입한 경우 시간제한이 일시적으로 풀려 무제한으로 적용됩니다.

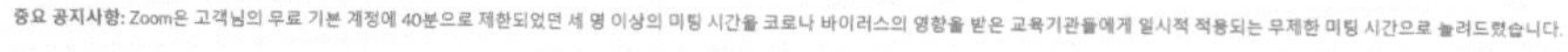

중요 공지사항: Zoom은 고객님의 무료 기본 계정에 40분으로 제한되었던 세 명 이상의 미팅 시간을 코로나 바이러스의 영향을 받은 교육기관들에게 일시적 적용되는 무제한 미팅 시간으로 늘려드렸습니다.

그림 5-14 코로나로 인해 교육 기관에 일시적으로 무제한 시간 적용

'표준 시간대'가 (GMT+9:00) 서울로 되어 있는지 체크해야 합니다. 줌은 전 세계적으로 사용되는 화상 회의 툴이라서 시간대가 맞지 않는 지역이 있음을 생각해야 합니다. 앞서 시점을 아침 9시로 설정해도 표준 시간대를 엉뚱하게 설정하면 한국 시간 기준으로 새벽 시간이나 저녁 시간대에 방이 열릴 수 있습니다.

'되풀이 회의'를 체크하면 반복되는 수업이나 회의를 일일이 설정하지 않아도 자동으로 만들어줍니다. 반복 주기와 기간을 설정하고 종료 날짜를 정해주면 됩니다. 다음 그림과 같은 설정에서는 8월 31일부터 9월 6일까지 매일 오전 9시에 1시간씩 반복적으로 회의 방이 개설됩니다.

'Security' 암호는 필수라서 해제할 수 없습니다. 그래서 암호만 바꿀 수 있습니다.

'대기실'은 수업 방에 들어오려는 학생들의 입장을 잠시 제한합니다. 선생님이 수락해야 학생들이 수업 방으로 들어올 수 있게 하는 기능입니다. 수업을 듣는 학생이 아니거나 회의에 초대받지 않은 손님이 들어오는 것을 방지할 수 있습니다.

표준 시간대	(GMT+9:00) 서울		
	☑ 되풀이 회의	매일, 2020년 9월 6일 까지, 7개 되풀이 항목	
	반복	매일	
	반복 기간	1 일	
	종료 날짜	◉ 기준 2020/09/06	○ 이후 7 되풀이 항목
Security	✎ 암호 🔒 5Q3Ns1	☑ 대기실	

그림 5-15 [회의 예약] – '표준 시간대'와 '암호' 입력

'비디오'에서는 회의방에 입장할 때 호스트와 참가자의 비디오를 켜거나 끈 상태로 입장하게 할 수 있습니다. 온라인 수업 상황에서 호스트는 수업을 하는 선생님이 됩니다. 그리고 참가자는 학생이라고 이해하면 됩니다.

호스트(Host): 회의를 개설한 사람 / 주로 선생님

참가자(Guest): 회의에 참가한 사람 / 주로 학생

'회의 옵션'을 살펴보겠습니다. 그림과 같이 3가지 옵션이 나타납니다.

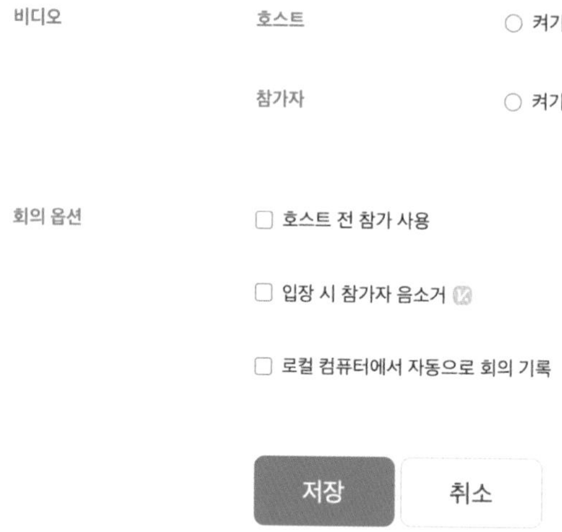

| 비디오 | 호스트 | ○ 켜기 | ● 끄기 |
| | 참가자 | ○ 켜기 | ● 끄기 |

회의 옵션	☐ 호스트 전 참가 사용
	☐ 입장 시 참가자 음소거 ☒
	☐ 로컬 컴퓨터에서 자동으로 회의 기록

저장　　취소

그림 5-16 [회의 예약] – '비디오'와 '회의 옵션'

'호스트 전 참가 사용'은 예약한 회의방에 미리 입장할 수 있는 옵션입니다. 호스트가 입장하지 않아도 참가자들이 미리 방에 들어올 수 있습니다. 그래서 이 옵션의 기능은 호스트가 참가자가 들어오는 것을 수락하는 [대기실]과 정반대되는 기능이라서 둘 중의 하나만 사용할 수 있습니다.

'입장 시 참가자 음소거'를 체크하면 참가자들이 방에 들어올 때 오디오가 꺼진 상태로 들어옵니다. 온라인 수업에서는 이 옵션을 체크하는 것이 초반에 안정적인 수업 분위기를 조성하는 데 좋습니다.

'로컬 컴퓨터에서 자동으로 회의 기록' 체크 옵션은 호스트가 별도로 기록 기능을 클릭하지 않아도 자동으로 회의를 영상으로 기록하여 호스트의 컴퓨터에 저장해주는 기능입니다.

[저장] 버튼을 클릭하면 예약된 회의방을 관리하는 페이지로 이동합니다. 설정한 회의 정보에 맞춰 회의방이 개설됐음을 보여줍니다. 이 페이지에서 우리가 할 수 있는 동작은 다음과 같습니다.

그림 5-17 예약된 회의방 관리 페이지

❶ '이 회의 시작': 예약된 회의를 바로 시작할 수 있습니다. 가령 다음 주 수요일쯤 회의를 예약했다고 합시다. 회의가 시작되기 전 회의를 예약해 방을 만들어 놓습니다. 그리고 회의 당일에 다시 줌 홈페이지에 접속하여 [내 계정] – [회의] – [예약된 회의방] 클릭 – [이 회의 시작] 버튼을 클릭하여 예정된 회의를 진행하면 됩니다.

❷ '캘린더에 예약된 회의 추가하기': 예약된 회의를 잊지 않기 위해 구글 캘린더, 아웃룩 일정, 야후 캘린더에 간편하게 추가할 수 있습니다.

❸ '초대 복사': 회의 참가 대상자들에게 초대 링크를 첨부하여 보낼 수 있습니다. 상당히 긴 링크 주소가 나타나는데, 이 링크 주소에는 회의방 ID와 암호화된 비밀번호가 포함돼 있습니다.

PC용 줌 클라이언트에서 회의 시작 및 예약하기

줌(Zoom)은 전용 클라이언트를 통해 실행되는 프로그램입니다. 클라이언트는 다소 낯선 용어인데, 실행 프로그램이라고 보면 됩니다. 보통은 따로 클라이언트를 다운로드받아 실행하지만, 자동으로 설치되기도 합니다. 줌에서 회의를 처음 개설하거나 참가할 때 메시지 창(zoom.us를 여시겠습니까?)이 나타납니다. 이 메시지 창에서 [zoom.us 열기]를 누르면 컴퓨터가 자동으로 줌 프로그램이 설치됐는지를 확인합니다. 설치됐다면 전용 클라이언트가 실행되지만, 설치되지 않은 경우에는 줌 설치 프로그램이 자동으로 다운로드됩니다.

시스템 대화상자가 표시되면 **zoom.us 열기**를 클릭합니다..

Zoom 클라이언트가 설치되어 있으면 회의 시작을(를) 실행하거나 Zoom을 다운로드하여 실행합니다.

그림 5-18 줌 클라이언트(=전용 프로그램) 실행 여부 확인 메시지

또한, 수동으로 다운로드받는 방법도 있습니다. 공식 홈페이지에서 제공하는 다운로드 센터 페이지를 통해 전용 클라이언트를 다운로드받을 수 있습니다. 다음 그림과 같이 공식 홈페이지에서 스크롤을 밑으로 내려 가장 하단의 메뉴에서 [다운로드] – [회의 클라이언트]를 클릭합니다.

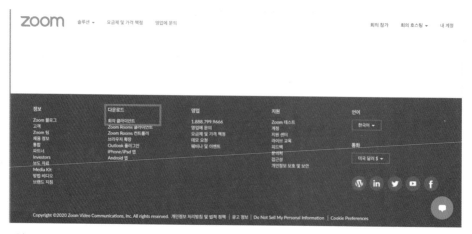

그림 5-19 줌 공식 홈페이지 다운로드 센터를 이용하여 클라이언트 다운로드받기

다운로드 센터 페이지에서 다음 그림과 같이 '회의용 Zoom 클라이언트'를 다운로드받아
실행합니다.

그림 5-20 다운로드 센터 페이지에서 '회의용 Zoom 클라이언트' 다운로드받기

다운로드받은 줌 클라이언트를 실행하면 다음과 같은 화면이 나타납니다. 홈페이지에서
와 같이 전용 클라이언트를 통해 새로운 회의를 바로 시작하거나 예약할 수 있습니다. 또
한 다른 회의에 참가하거나 화면 공유를 바로 할 수 있습니다.

그림 5-21 줌 클라이언트 실행 모습

5-3 회의 진행하기

줌에는 다양한 메뉴와 기능이 있지만, 핵심 기능은 3가지로 요약해볼 수 있습니다.

1. 비디오 켜기/끄기
2. 오디오(음소거) 켜기/끄기
3. 화면 공유

줌과 같은 원격 화상회의 툴의 경우 앞에서 언급한 3가지 기능은 반드시 포함되는 핵심 기능입니다. 이 핵심 기능에서 편의성을 높여주는 부가 기능이 들어가는 형태로 이해하면 줌뿐만 아니라 다른 툴을 접할 때도 쉽게 적응해 사용할 수 있습니다.

온라인 수업을 준비하는 선생님들도 처음에 이 3가지 핵심 기능을 먼저 익힌 다음, 수업 과정에 필요한 기능을 찬찬히 찾아보면서 적용하면 어느덧 줌을 능숙하게 사용하는 자신의 모습을 발견할 수 있을 것입니다.

그럼 바로 줌 회의를 시작해볼까요?

처음 회의방을 개설하거나 참가할 때 주의할 점 중 하나는 바로 '컴퓨터 오디오로 참가'(모바일에서는 '인터넷 전화로 참가') 옵션입니다. '컴퓨터 오디오로 참가'를 선택해야 회의에서 오디오 기능을 이용할 수 있습니다. 줌으로 회의나 수업을 하다가 소리가 안 들리는 현상이 발생한다면 이 '컴퓨터 오디오로 참가' 옵션을 확인해 봅니다. 이 옵션이 체크되지 않아서 소리가 안 들리는 현상이 종종 발생합니다. 개인적으로 저는 아래쪽에 있는 '회의에 참여할 때 컴퓨터로 자동 오디오 연결'을 체크합니다. 이 옵션을 체크하면 이후 회의를 개설했을 때 자동으로 오디오 기능을 우선 켜놓고 시작합니다.

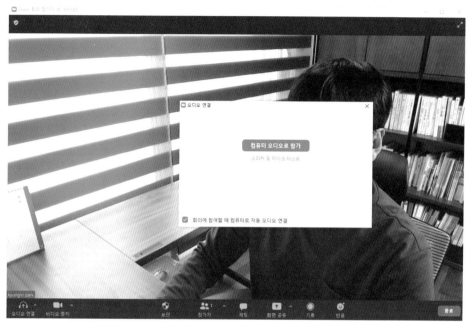

그림 5-22 컴퓨터 오디오로 참가 옵션 체크하기

화면에 마우스를 갖다 대면 아래쪽의 메인 화면 메뉴가 활성화됩니다. 각각의 메뉴 기능
에 대해 살펴보겠습니다.

그림 5-23 줌 클라이언트 메인 화면 메뉴

❶ 음소거

마이크 아이콘이 흰색일 때는 지금 나의 목소리가 상대방에게 들리는 상태입니다. 소리
가 입력되는 크기만큼 그림과 같이 아이콘 내부가 녹색으로 채워집니다.

그림 5-24 소리 입력 세기에 따라 변하는 아이콘 모양

내 목소리를 상대방에게 들려주고 싶지 않을 경우 마이크 아이콘을 클릭하면 음소거로 설정됩니다. 이때는 내 목소리와 주변 소리가 다른 사람에게 들리지 않습니다. 회의를 참가할 때는 꼭 이 기능을 숙지해야 회의 진행에 방해가 되지 않습니다. 다시 발표하거나 이야기할 때는 마이크 아이콘을 누르면 음소거가 해제됩니다. 또는 스페이스 바를 길게 눌러 음소거를 일시적으로 해제할 수 있습니다.

그림 5-25 소리가 나가지 않는 음소거 상태

❷ 비디오

지금 나의 모습을 참가자들에게 나타내거나 나타내지 않을 때 사용하는 기능입니다. 컴퓨터와 웹캠이 연결된 경우 활성화되는 기능이며, 연결된 웹캠이 없을 경우 비활성화됩니다. 아래쪽에 있는 메시지가 혼동을 주기 때문에 아이콘 모양을 잘 보고 판단해야 합니다. 다음 그림에서 비디오가 켜져서 내 모습이 나가고 있는 경우(왼쪽 비디오 ON)와 비디오가 꺼져서 내 모습을 상대방이 볼 수 없는 경우(오른쪽 비디오 OFF)의 아이콘 모양의 차이를 알 수 있습니다.

비디오 ON    비디오 OFF

그림 5-26 줌 비디오 메뉴 아이콘의 비교

📑 펼침 버튼을 누르면 숨겨진 기능이 나와요!

오디오와 비디오의 경우는 작은 펼침 버튼 아이콘이 있습니다. 이 펼침 버튼 아이콘을 누르면 숨겨진 기능이 펼쳐집니다.

오디오의 경우 각각 마이크와 스피커를 선택할 수 있습니다. 마이크는 오디오를 입력하는 장비 중에서 선택할 수 있습니다. 연결된 마이크가 많은 경우에는 다양한 목록이 나타납니다. 마찬가지로 스피커는 오디오 출력 장치입니다. 어떤 장치에서 소리가 나올지 설정할 수 있습니다. PC나 노트북이 블루투스 기능이 지원된다면 블루투스 이어폰을 이용해서 마이크와 스피커를 선택할 수 있습니다.

비디오의 경우에는 카메라 입력 장치를 선택할 수 있습니다. 또한 불필요한 사생활 노출을 예방하기 위한 방법으로 '가상 배경 선택'을 할 수 있습니다. 자택에서 줌을 통해 화상회의나 수업을 하면서 개인적인 공간이 공개되는 것을 막을 수 있습니다. 기본으로 줌에서 제공되는 이미지나 동영상 혹은 내가 올리고 싶은 스틸 이미지나 동영상을 가상배경으로 선택할 수 있습니다.

그림 5-27 가상배경 선택 모습

비디오 필터 기능을 통해 화면의 그래픽 효과 추가 및 재미있는 연출을 해볼 수 있습니다. 비대면으로 진행되지만 이러한 비디오 필터 효과를 통해 좀 더 유쾌하고 즐거운 분위기를 만들 수 있습니다.

그림 5-28 비디오 필터 추가 모습

그림 5-29 오디오와 마이크의 펼침 버튼 기능

❸ 보안

보안 메뉴는 '회의 잠금' 및 '대기실 사용' 기능과 참가자에게 '화면 공유', '채팅', '스스로 이름 바꾸기' 기능을 이용할 수 있게 합니다.

회의 잠금: 이 기능을 활용하면 회의방을 잠그는 효과가 나타납니다. 새로운 참가자가 회의방의 ID와 비밀번호를 알고 있어도 들어올 수 없습니다.

대기실 사용: 회의를 개설한 사람이 참가자들이 회의방에 들어오는 것을 수락 혹은 차단할 수 있습니다. 이 기능을 사용하면 원치 않는 사람이 회의방에 들어오는 것을 일차적으로 차단할 수 있지만, '호스트(Host)'가 회의방 입장을 일일이 수락해야 합니다. 그렇기 때문에 회의에 참가하는 사람들은 반드시 시간에 맞춰 미리 입장하는 에티켓이 필요합니다.

프로필 사진 숨기기: '비디오 중지'를 했을 때 기본적으로 상대방에게 내 프로필 사진이 보입니다(프로필 사진은 개인 설정에서 변경할 수 있습니다). 간혹 상대방에게 내 프로필 사진을 보여주고 싶지 않을 때 해당 옵션을 체크하면 됩니다.

참가자에게 다음을 허용(화면 공유): 기본적으로 화면 공유는 호스트만 공유할 수 있습니다. 참가자가 자신의 화면을 공유하여 발표해야 하는 경우에는 이 옵션을 체크하여 참가자가 자신의 화면을 공유할 수 있게 합니다.

참가자에게 다음을 허용(채팅): 채팅은 소통을 원활하게 도와주는 도구입니다. 채팅 기능을 이용하여 질문을 주고 받을 수 있습니다. 상황에 따라 채팅 기능을 잠시 제한할 수 있습니다.

참가자에게 다음을 허용(스스로 이름 바꾸기): 회의 링크를 클릭하고 회의방에 들어오는 사람들은 자신의 계정으로 로그인되지 않은 상태이기 때문에 가끔은 접속한 디바이스의 이름이 자신의 계정 이름이 되기도 합니다. 호스트가 직접 참가자의 이름을 변경할 수도 있지만, 확인이 어려운 경우 이 옵션을 체크하여 참가자 스스로 이름을 바꿀 수 있게 합니다.

참가자에게 다음을 허용(스스로 음소거 해제): 참가자 스스로 음소거를 해제할 수 있게 하는 기능입니다. 이 기능을 통해 음소거 상태의 참가자들이 의견을 이야기하거나 발표할 때 스스로 음소거를 풀고 말할 수 있습니다.

참가자에게 다음을 허용(비디오 시작): 참가자들이 자신의 화면을 껐다 켰다 하는 것을 허용할 수 있습니다.

참가자 제거: 회의에 참가한 참가자를 줌 회의방에서 추방할 수 있습니다.

참가자 활동 일시 중단: 모든 참가자의 비디오 및 오디오가 꺼지고 화면 공유가 중지되며 회의가 잠기게 됩니다.

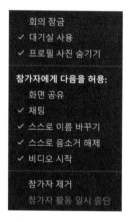

그림 5-30 보안 메뉴 기능

❹ 참가자

그림 5-31 참가자 메뉴

참가자들을 관리하는 메뉴입니다. 회의 방에 참가자들을 초대할 수 있으며 대기 실에 있는 참가자를 입장시키거나 퇴장 시킬 수 있습니다. 참가자들에 대해 모두 음소거시키거나 해제할 수 있으며 이름 을 바꾸거나 호스트의 권한으로 비디오 를 켜거나 끌 수 있습니다. 혹은 참가자 를 호스트로 변경할 수 있는 다양한 기능 이 있는 메뉴입니다.

초대: 초대 기능을 이용해서 현재 회의방에 다른 사람이 들어오게 할 수 있습니다. [초대 링크 복사]를 누 르면 회의방의 초대 링크 주소가 클립보드에 복사되어 손쉽게 공유할 수 있습니다. [초대 복사]는 링크

주소와 함께 회의방 ID와 비밀번호도 같이 복사해 공유할 수 있습니다. 혹은 이메일로 초대장을 보내 회의방에 들어오게 할 수 있습니다.

그림 5-32 [참가자] – [초대] 메뉴

모두 음소거: 참가자들을 모두 음소거 시킬 수 있습니다. 이 경우에는 호스트를 제외한 모든 참가자들의 소리가 들리지 않습니다. 실제 줌으로 회의를 하는 경우 생각하지 못했던 다양한 일상생활 속 소리가 회의 진행을 방해하는 경우가 많습니다. 모두 음소거 기능을 설정하면 '참가자가 음소거를 해제할 수 있도록 허용' 옵션을 체크할 수 있습니다. 이 옵션을 다음 그림과 같이 체크하지 않으면 호스트가 음소거를 풀어주지 않는 한 참가자는 회의가 끝날 때까지 음소거 상태로 있게 됩니다.

그림 5-33 [참가자] – [모두 음소거] 메뉴

모두 음소거 해제: 참가자들의 음소거 상태를 해제합니다.

더보기: 다양한 옵션을 설정할 수 있습니다. 앞에서 살펴본 [보안] 기능과 중복되는 기능이 있습니다.

'입장 시 참가자 음소거'를 체크하면 새로운 참가자가 음소거된 상태로 회의방으로 들어옵니다.

'참가자가 음소거를 해제할 수 있도록 허용'을 체크하면 참가자가 스스로 음소거를 해제할 수 있습니다.

'입장/나가기 차임벨 울리기'를 설정하면 참가자의 입장과 퇴장 시 효과음이 들립니다.

'참가자가 이름을 바꾸도록 허용'을 체크하면 참가자 스스로 이름을 변경할 수 있습니다.

'회의 잠금'을 체크하면 비밀번호를 알고 있어도 회의방에 참석할 수 없습니다.

'모든 손 내리기'는 참가자들의 '반응'을 재설정합니다.

'대기실 사용'을 체크하면 호스트가 수락해야 회의방으로 입장을 할 수 있습니다.

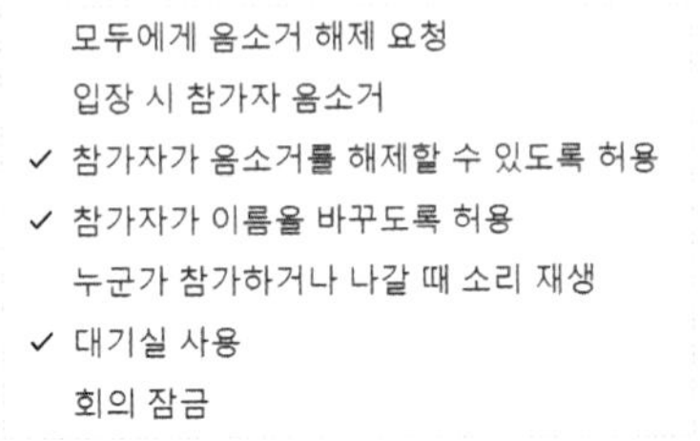

모두에게 음소거 해제 요청
입장 시 참가자 음소거
✓ 참가자가 음소거를 해제할 수 있도록 허용
✓ 참가자가 이름을 바꾸도록 허용
누군가 참가하거나 나갈 때 소리 재생
✓ 대기실 사용
회의 잠금

그림 5-34 [참가자] – [더보기] 메뉴

프로필 오른쪽 클릭 후 나타나는 메뉴: 호스트를 기준으로 설명하겠습니다. 참가자들의 프로필 오른쪽에는 음소거(음소거 해제)와 더보기 메뉴가 지원됩니다. '더보기'를 누를 경우 비디오 중지(비디오 켜기) 기능으로 참가자들의 모습을 볼 수 있습니다. '호스트 만들기', '이름 바꾸기', '대기실에 배치', '제거' 등 앞에서 살펴본 기능과 중복되는 기능이 나타납니다.

그림 5-35 [참가자] – 프로필 메뉴 (참가자)

<u>호스트가 호스트 본인 프로필 오른쪽을 클릭하면</u> 다음 그림과 같은 메뉴가 나타납니다. 본인의 이름을 변경할 수 있으며 다른 사람들에게 보이는 프로필 사진을 변경할 수 있습니다.

참가자(2)

KP kyungin park (호스트, 나)

박

이름 바꾸기
프로필 사진 추가

그림 5-36 [참가자] – 프로필 메뉴 (본인)

❺ 채팅

채팅 기능을 통해 간단한 메시지 전송을 모두에게 혹은 특정 사람에게 할 수 있습니다. 또한 파일 전송도 가능합니다. 파일의 경우는 컴퓨터에 저장된 파일을 공유할 수 있으며 드롭박스, 원드라이브, 구글드라이브 등의 클라우드에 저장된 파일도 선택할 수 있습니다.

그림 5-37 채팅 기능의 활용

❻ 화면 공유

줌의 핵심 기능의 하나가 바로 [화면 공유]입니다. 핵심 기능이라 메뉴의 가장 중앙 부분에 이 기능을 배치했고 다른 메뉴 아이콘보다 눈에 잘 띄게 녹색으로 표시했습니다. [화면 공유]를 누르면 크게 상단의 '기본', '고급', '파일' 탭으로 나눠볼 수 있습니다.

'기본' 탭: 화면을 공유하고자 하는 소스를 선택하면 됩니다.

그림 5-38 [화면 공유] - [기본] 탭

'화면'은 컴퓨터 화면에서 보이는 그대로를 보여줍니다. 간편하게 화면을 공유할 수 있지만, 원하지 않는 부분까지 공유될 수 있습니다.

'화이트보드'는 하얀색 빈 화면에 필기하며 함께 협의할 수 있습니다.

아이폰과 아이패드의 경우는 AirPlay(무선)나 유선 케이블을 통해 아이폰/아이패드의 화면을 공유할 수 있습니다.

특정 프로그램을 선택하여 그 프로그램의 내용만 화면 공유할 수 있습니다. 웹브라우저 창이나 프레젠테이션 프로그램을 선택하여 깔끔하게 공유할 수 있습니다.

'고급' 탭: 기본 탭보다는 좀 더 정교화된 화면 공유 옵션을 지원합니다.

그림 5-39 [화면 공유] – [고급] 탭

'PowerPoint를 가상 배경으로 설정'하면 파워포인트 파일과 사용자의 비디오를 합성해 상대방에게 제공합니다. 좀 더 몰입감 있는 모습으로 수업 및 회의를 진행할 수 있습니다.

'화면 일부'를 선택하면 영역을 지정하여 그 부분만 화면을 공유합니다.

'컴퓨터 소리만' 공유하면 비디오 화면은 공유하지 않고 컴퓨터의 오디오 소리만 공유합니다.

'두 번째 카메라의 콘텐츠'는 보통 실물 화상기나 외장형 카메라와 같은 비디오 소스를 보여줍니다.

'파일' 탭: 클라우드에 저장된 파일 내용을 화면으로 공유하는 기능입니다. 이 기능을 통해 파일을 클라우드에서 바로 열어 확인할 수 있습니다. 'Dropbox', 'Microsoft OneDrive', 'Google Drive', 'Box' 등의 클라우드를 지원하며 해당 클라우드 계정에 줌이 접근할 수 있는 권한을 허용해야 이용할 수 있습니다.

그림 5-40 [화면 공유] – [파일] 탭

화면 공유 시 체크해야 하는 옵션

줌을 처음 사용할 때 자주 하는 질문 중 하나가 유튜브에 있는 영상을 공유해 보고 있는데, 본인 화면에서는 소리가 나오는데 왜 상대방에서는 자꾸 소리가 안 난다고 하는지 모르겠다며 이를 어떻게 해결해야 하는지에 관한 질문입니다.

이 현상을 해결하려면 화면을 공유할 때 하단에 위치한 '컴퓨터 소리 공유' 옵션을 체크하면 됩니다. 이것을 체크해야 컴퓨터에서 나오는 오디오를 상대방에게 공유할 수 있습니다.

또한 영상을 공유할 때 화면이 뚝뚝 끊기는 부분도 '비디오 클립을 위한 화면 공유 최적화' 옵션을 체크하여 비디오 영상의 프레임을 높여 자연스럽게 재생되게 합니다. 이렇게 옵션을 체크했음에도 불구하고 영상 화면 공유가 원활치 않다면 네트워크가 원활하게 잘 되는 환경에서 화면을 공유해야 합니다.

그림 5-41 화면 공유 시 필수 체크 옵션

'화면 공유' 세부 메뉴: 화면 공유를 시작하면 다음 그림과 같이 공유 메뉴가 화면 상단에 나타납니다. '음소거(음소거 해제)'와 '비디오 중지(비디오 시작)', '보안', '참가자'와 같이 기존 메인 메뉴에서 볼 수 있는 메뉴도 있지만, 공유 메뉴에서는 '새로 공유', '공유 일시 정지'와 같은 화면 공유에서만 설정할 수 있는 기능도 있습니다.

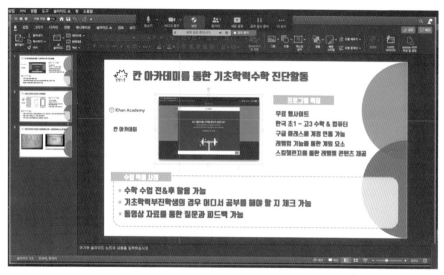

그림 5-42 화면 공유 세부 메뉴

화면의 공유 전환과 중지하기

프레젠테이션을 공유하다가 다른 화면으로 공유를 전환하고자 할 때는 '새로 공유'를 누르고, 잠시 화면 공유를 멈추고 싶을 때는 '공유 일시 중지'를 누르면 됩니다.

자신의 발표가 모두 끝나고 화면 공유를 중지하고자 할 때는 붉은 색의 '공유 중지'를 누르면 됩니다.

그림 5-43 화면 공유의 핵심 메뉴 (새로 공유, 일시 중지, 공유 중지)

❼ 기록

회의 화면을 기록할 수 있습니다. 화면을 기록할 경우 녹화를 나타내는 아이콘이 화면 왼쪽 상단에 나타납니다. 이 아이콘을 통해 다른 사용자도 화면이 녹화되고 있음을 알 수 있습니다.

그림 5-44 화면 기록 아이콘

회의가 종료되면 화면 기록한 파일이 자동으로 변환 및 저장됩니다. 변환 및 저장이 종료
되면 줌이 설치된 폴더에서 해당 기록 파일을 찾을 수 있습니다.

그림 5-45 회의 종료 후 화면 기록 컨버팅 진행 창

❽ 소회의실

회의 중 그룹별로 나누어 개별 회의를 진행할 수 있습니다. 이 기능을 온라인 수업에서
사용할 경우 조별 토론 및 모임이 전체 수업 도중에도 가능합니다. '호스트'가 '소회의실'
을 만들 수 있습니다. '소회의실'을 처음 생성할 때 모임의 생성 개수를 설정할 수 있으며
해당 모임에 자동으로 구성원을 채워 넣을 수 있습니다. 혹은 '호스트'가 지정하여 특정
사람들끼리 모임을 만들 수 있습니다.

그림 5-46 소회의실 만들기 기능

'소회의실'을 만들면 호스트는 '소회의실'별로 자유롭게 이동하여 참관하거나 회의에 참여할 수 있습니다. 온라인 수업 상황에서는 교사가 학생들이 서로 협의하고 토론하는 모습을 지켜볼 수 있고 때로는 피드백을 줄 수 있습니다. 그리고 교사가 한 모둠에서 상황이 진행되는 모습을 지켜보다가 다른 모둠으로 이동하여 참관 및 피드백이 가능합니다. 일정 시간이 지나면 소회의실을 종료하고 다시 전체 학생들이 모일 수 있게 설정할 수 있습니다.

'소회의실' 기능 활성화하기

소회의실 기능을 활성화하기 위해서는 줌 공식 홈페이지에 들어가서 계정 설정에서 따로 이 소회의실 기능 옵션을 체크해야 합니다. 다음과 같은 순서로 진행하면 됩니다.

1. 공식 홈페이지에 접속한 후 화면 오른쪽 상단에 위치한 [내 계정]을 클릭합니다. (로그인 상태)

2. 왼쪽 사이드 메뉴에서 [설정]을 클릭합니다.

3. 화면 오른쪽 영역에서 스크롤을 조금 내리면 '회의 중(고급)'이 나옵니다. 그중 '소회의실'을 활성화합니다.

4. [저장]을 누르면 이후 회의를 개설할 때 소회의실 기능이 활성화됩니다.

❾ 반응

회의에 참석하는 사람들은 이모티콘을 통해 반응을 보일 수 있습니다. 이 기능을 통해 참여를 유도하거나 집중하고 있는지 확인하는 등 상호작용을 할 수 있습니다. 아이콘을 클릭하면 자신의 화면 왼쪽 상단에 해당 아이콘이 나타났다가 시간이 지난 후 사라집니다.

그림 5-47 상호작용을 도와주는 반응 기능

❿ 종료

회의를 마무리하는 기능입니다. 호스트의 경우 두 가지 옵션이 나타납니다. '모두에 대해 회의 종료'는 호스트가 퇴장하면서 회의방도 사라집니다. 반면 '회의 나가기'는 호스트가 퇴장하여도 회의방은 계속 존재합니다.

그림 5-48 회의 종료 기능의 두 가지 옵션 (호스트)

많은 선생님이 '질문이 있는 수업', '토론 및 토의가 있는 수업' 등 수업 개선에 지속적으로 힘쓰고 있습니다. 교사의 일방적 강의식 수업이 전부가 아닌, 학생 중심의 참여형 수업에 대한 연구가 많은 교실을 변화시키고 있습니다.

하지만 코로나 이후 전면적으로 어쩔 수 없이 하게 된 온라인 수업 환경에서는 모든 것이 원점 상태입니다. 교사나 학생, 학부모 모두가 처음 겪는 상황입니다. 그러다 보니 학력 격차에 대해 걱정하며 실시간 쌍방향 수업을 늘려야 한다는 주장에 많은 힘이 실리고 있습니다.

그렇지만 교사의 일방적인 강의식 수업을 줌이라는 원격 화상회의 툴에서 진행한다고 해서 진정한 의미의 실시간 쌍방향 수업이라고 할 수 있을까요?

여기서 말씀드리고 싶은 부분은 쌍방향 수업은 어디까지나 수단에 불과하다는 것입니다. 교육 목적을 달성하기 위한 수많은 방법 중 하나가 쌍방향 수업입니다. 온라인 수업 모델로 제시된 콘텐츠 활용 중심 수업이나 과제 제시 수업도 교육 목적을 달성할 수 있는 좋은 방법입니다. 쌍방향 수업을 하는 교사들의 비중을 기계적으로 늘린다고 해서 교육 목적이 달성될까요? 그렇지 않다고 봅니다.

실시간 쌍방향 수업을 통해서 선생님과 학생은 서로 소통할 수 있습니다. 코로나로 인해 교실에서 마음 편히 만나는 것이 어려워졌지만, 온라인의 공간에서는 서로 가깝게 만날 수 있고 얼굴을 보며 이야기를 나눌 수 있습니다. 평소에 쑥스럽거나 친구들의 눈치가 보여 편히 하지 못했던 질문도 온라인에서는 스스럼없이 할 수 있습니다. 채팅 메시지를 통해 질문을 남길 수도 있고 이메일을 보낼 수도 있습니다. 학생과의 개인 상담도 줌을 통해 언제든지 할 수 있습니다.

줌의 소회의실 기능을 활용하면 온라인에서도 모둠 활동 및 토론·토의 수업이 가능합니다. 학생의 경우 소회의실에서 회의하다가 질문이 있는 경우 화면 왼쪽에 [도움 요청]을 눌러 호스트(=교사)에게 도움 요청 메시지를 전송할 수 있습니다. 교사가 이 메시지를 확인하고 [소회의실 참가]를 누르면 해당 소회의실로 입장할 수 있습니다.

그림 5-49 소회의실 호스트 도움 요청 기능

화면 공유 기능을 호스트만 하는 것이 아니라 참가자에게도 공유 권한을 줄 수 있습니다. 다음 그림과 같이 [화면 공유 펼침 버튼]을 클릭하여 '고급 공유 옵션'에서 '모든 참가자'에게 공유 권한을 줄 수 있습니다('누가 공유할 수 있습니까? – 모든참가자'). 이렇게 하면 학생들이 소회의실에서 토론하고 논의한 내용을 발표할 수 있습니다. 학생이 작성한 구글 프레젠테이션 발표 자료를 교사와 다른 학생들도 볼 수 있습니다. 이처럼 웹에서 협업하여 작성하고 이를 발표하는 활동은 미래형 협업 프로젝트 수업의 한 형태이기도 합니다.

그림 5-50 고급 공유 옵션 설정하기

5·4 줌 회의 참가하기

이번에는 호스트가 아닌 참가자(Guest) 혹은 학생 입장에서 줌 회의나 수업에 참가하는 방법을 살펴보겠습니다. PC의 경우 웹브라우저나 전용 클라이언트를 실행해 참가하는 방법이 있습니다. 모바일은 전용 애플리케이션을 설치하여 참가하는 방법이 있습니다.

PC 웹브라우저에서 회의 참가하기

줌 공식 홈페이지(Zoom.us)의 상단 메뉴에서 [회의 참가]를 클릭합니다.

그림 5-51 줌 홈페이지의 [회의 참가] 기능

회의 ID 또는 개인 링크 이름을 입력합니다. 회의 ID는 보통 9~11자리로 구성된 숫자입니다. 호스트가 알려준 회의 ID를 입력한 후 [참가] 버튼을 클릭하면 회의방에 들어갈 수 있습니다.

그림 5-52 [회의 참가]를 위한 회의 ID 입력하기

회의 아이디와 비밀번호는 어떻게 알 수 있나요?

참가자가 접속하기 위해 필요한 정보는 회의 ID(숫자 9~11자리로 구성된)와 비밀번호입니다. 막상 회의를 개설한 입장에서는 이 정보를 파악해서 알려줘야 하는데, 어떤 버튼을 눌러야 할지 막막합니다. 이럴 때 화면 왼쪽에 있는 [회의 정보] 아이콘을 클릭하면 개설된 회의의 ID와 비밀번호를 쉽게 확인할 수 있습니다.

회의방에 들어오려는 상대방에게 회의 ID와 비밀번호를 알려줄 수 있습니다. 혹은 이 과정을 생략하고 링크를 복사하여 상대방에게 메시지를 보낼 수도 있습니다.

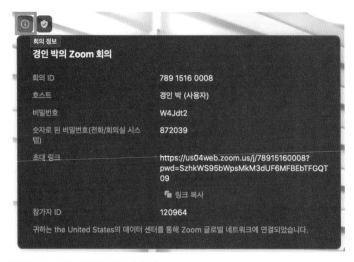

그림 5-53 회의 화면의 왼쪽 상단 [회의 정보] 확인하기

PC 줌 클라이언트에서 참가하기

PC 줌 클라이언트를 실행해 줌 회의방에 참가할 수 있습니다. 미리 PC에 설치한 줌 클라이언트를 실행한 후 [참가]를 클릭합니다.

그림 5-54 클라이언트에서 [참가] 버튼 클릭하기

[참가] 버튼을 클릭하면 회의 ID를 입력하는 창이 나타납니다. 회의에 참가할 때 나타나는 별명을 설정할 수 있습니다. 보통은 계정의 이름을 반영하여 별명이 설정되지만, 사용자가 입장하기 전 다른 별명으로 변경할 수 있습니다. 회의 참가 전 설정할 수 있는 옵션으로는 '오디오에 연결하지 않음'과 '내 비디오 끄기'가 있습니다.

그림 5-55 클라이언트에서 회의 참가 시 설정할 수 있는 옵션

모바일에서 링크를 클릭하여 참가하기

모바일에서 호스트가 알려준 링크를 클릭하여 손쉽게 회의에 참가할 수 있습니다. 링크를 클릭하면 모바일의 경우는 전용 애플리케이션이 실행됩니다. 자신의 스마트폰에 애플리케이션이 설치되어 있지 않다면 설치 페이지로 이동해 설치할 수 있습니다.

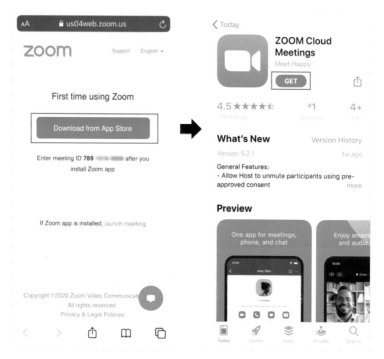

그림 5-56 줌 앱이 설치되지 않은 상태에서 링크를 클릭했을 경우

📄 아이폰 카카오톡에서 줌 링크를 눌렀는데, 실행이 안 될 때의 해결 방법

아이폰에서 카카오톡으로 온 줌 링크를 클릭하면 바로 실행되지 않습니다. 다음 그림의 왼쪽과 같이 '사용 중인 브라우저에서 Zoom이 지원되지 않습니다.'라는 메시지가 나타납니다. 아이폰의 특수성으로 발생하는 문제점인데, 이때는 별도의 작업을 하면 간단하게 해결할 수 있습니다. 화면의 하단 오른쪽 부분에 내보내기 버튼이 있습니다. 이 버튼을 클릭한 후 나타나는 작업 목록에서 [Safari로 열기]를 선택하면 별도의 사파리 브라우저가 실행되면서 줌 링크가 작동합니다.

그림 5-57 아이폰 카카오톡에서 줌 링크 실행 문제 해결 방법

모바일 줌 애플리케이션에서 실행하여 참가하는 방법

스마트폰에서도 줌을 손쉽게 활용할 수 있습니다. 먼저 핸드폰에 줌 애플리케이션을 설치합니다. 안드로이드폰의 경우 구글 플레이스토어, 아이폰의 경우는 앱스토어에서 각각 줌 애플리케이션을 다운로드받을 수 있습니다. 검색어로 '줌'이라고 입력해도 되지만, 정식 명칭인 'Zoom Cloud Meetings'로 검색하면 더 정확한 검색 결과를 얻을 수 있습니다.

구글 플레이스토어   애플 앱스토어

그림 5-58 플레이스토어와 앱스토어에서 'Zoom Cloud Meetings'로 검색

줌을 실행한 후에 화면 하단에 위치한 [회의 참가] 버튼을 클릭한 후 회의 ID를 입력합니다. 모바일의 경우 해당 디바이스의 이름이 별명으로 설정되니 별명을 변경한 후 [참가] 버튼을 선택하여 회의에 들어갑니다.

그림 5-59 줌 모바일 애플리케이션에서 회의 참가하기

그림 5–60 모바일로 줌 회의에 참가했을 때의 모습

줌으로 참가하면 다음 화면처럼 줌 회의에 참가하게 됩니다.

❶ '음량 조정': 줌 회의에 참가하는 다른 사람들의 음량을 조정할 수 있습니다.

❷ '카메라 전/후면 전환': 기본적으로 전면 카메라가 작동해서 나를 비추지만, 상황에 따라 후면 카메라로 전환할 수 있습니다.

❸ '나가기': 회의에서 나갈 수 있습니다.

❹ '내 화면 보기': 상대방에게 비치는 나의 모습을 오른쪽 상단에 노출해줍니다.

❺ '상대방의 모습': 주로 회의에서 이야기하는 사람이 비칩니다. 내가 이야기할 경우 내 모습이 나올 수 있습니다.

❻ '음소거'('음소거 해제'): 내가 말하는 소리를 조정할 수 있습니다. 아이콘 모양을 기준으로 마이크 모양이 온전하게 나오면 내 목소리가 들리고 빨간 선으로 빗금이 쳐 있으면 음소거 모드로 내 목소리가 들리지 않습니다.

❼ '비디오 시작'('비디오 중지'): 카메라를 켜서 상대방에게 내 얼굴을 보여줄 수 있으며, 혹은 반대로 얼굴을 보여주지 않을 수 있습니다.

❽ '콘텐츠 공유': 상대방에게 내 콘텐츠를 보여줄 수 있습니다. 화면이나 파일을 상대방과 함께 보며 이야기할 수 있습니다.

❾ '참가자': 회의방에 접속한 사람들을 보거나 자신의 프로필 이름을 변경할 수 있습니다.

❿ '더 보기': 반응을 보일 수 있는 이모티콘을 표시하거나 가상 배경을 설정할 수 있습니다.

📋 웹캠이 없는 경우 줌 수업을 어떻게 하면 되죠?

스마트폰이나 노트북에는 내장된 카메라가 있지만, PC의 경우에는 웹캠을 따로 설치해야 내 모습을 상대방에게 보여줄 수 있습니다. 하지만 카메라가 설치되어 있지 않다면 비디오 메뉴를 전혀 사용할 수 없으며 상대방에게 기본 프로필만 보여주게 됩니다.

그림 5-61 웹캠이 없는 PC에서 접속한 모습

이 경우에는 PC와 스마트폰을 활용하면 문제를 해결할 수 있습니다. 바로 스마트폰을 웹캠처럼 활용하는 것입니다. 줌은 계정 로그인을 하지 않아도 숫자로 구성된 회의 ID와 비밀번호를 알고 있으면 PC와 스마트폰에서 동시에 이용할 수 있습니다. 즉, PC에서 호스트 권한으로 회의방을 개설한 후 스마트폰으로 그 방에 들어갑니다. 그렇게 하면 스마트폰으로는 내 모습을 보여주고 PC로는 화면 공유를 통해 PC에 저장된 파일을 보여줄 수 있기 때문에 웹캠이 없어 내 모습을 보여주지 못하는 문제를 간단하게 해결할 수 있습니다.

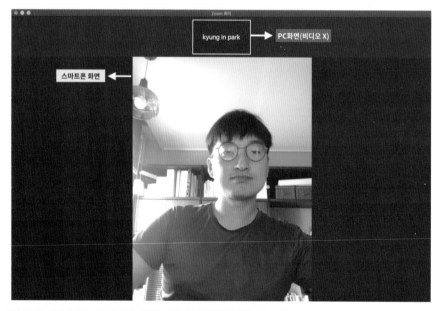

그림 5-62 웹캠이 없는 PC에서 스마트폰 카메라를 웹캠처럼 활용하는 모습

화면을 공유하고 있는데 누가 자꾸 이상한 낙서를 해요.

해당 기능은 주석 기능입니다. 줌에서 화면 공유를 할 때 스마트폰에서 주석 기능을 이용해 화면에 어떤 기록을 남길 수 있습니다. 긍정적으로 사용되면 좋겠지만, 20명 이상이 모인 수업 상황에서는 누군가가 한 번 주석 기능을 이용해 낙서하기 시작하면 수업을 방해하기 좋은 요소가 됩니다. 이런 경우에는 주석 기능 사용을 해제해야 합니다.

줌 홈페이지에 접속한 후 [내 계정] – [설정]에서 이 기능 설정을 해제할 수 있습니다. 스크롤을 내리면 주석 기능이 나옵니다. 주석 기능을 아예 해제한 후 저장을 누르면 주석 기능을 아무도 사용할 수 없습니다.

하지만 화면을 공유하는 사람만 주석 기능을 활용하고자 할 때는 주석 기능을 켜고 'Only the user who is sharing can annotate'에 체크하면 됩니다.

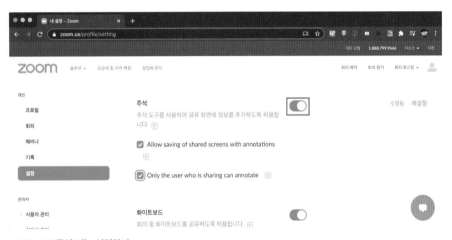

그림 5-63 주석 기능 설정하기

부록

실시간 평가와
결과 정리까지 한 번에!
구글 설문지 활용하기

무료로 누구나 사용할 수 있는 구글 설문지는 활용 방법이 무궁무진합니다. 일반적으로
널리 알려진 설문지 기능뿐만 아니라 자체 내장된 퀴즈 기능을 이용해 실시간 평가 도구
로 활용할 수 있습니다. 또한 설문 결과를 정리하여 그래픽으로 실시간 보여줄 뿐만 아니
라 스프레드시트로 자동 정리해줍니다. 부가 기능을 활용한다면 실시간 선착순 마감되는
수강 신청 페이지를 간편하게 만들 수 있습니다. 간편한 사용 방법으로 쉽게 익힐 수 있
으니 적극적으로 활용해보기 바랍니다.

구글 설문지 접속 방법

구글 설문지를 이용할 때는 별도의 프로그램 설치 없이 웹브라우저에서 구글 사이트를
이용하면 됩니다. 웹브라우저를 실행한 후 구글 홈페이지(www.google.com)로 접속합
니다. 접속 후 오른쪽 상단 [로그인] 버튼을 클릭한 후 구글 계정으로 로그인합니다.

그림 A-1 구글 홈페이지(www.google.com)에서 로그인

로그인한 후 웹브라우저 주소창에 'forms.google.com'을 입력하면 구글 설문지 사이트
로 이동합니다. 또는 한글로 '['를 입력하여 나타나는 검색 결과에서 구글 설문지 사이트
로 들어갈 수 있습니다. 둘 중 편한 방법을 이용하기를 바랍니다.

그림 A-2 구글 설문지 웹 주소(forms.google.com) 입력하기

구글 설문지 화면은 크게 2가지 패널로 구성됩니다.

첫 번째는 [새 양식 시작하기]입니다. 이 패널에는 빈 양식으로 시작할 수 있는 '내용 없음', 퀴즈를 만들 수 있는 '퀴즈', 행사 참석 여부를 간단하게 물어보고 응답을 받는 '행사 참석 여부' 등 미리 작성되어 수정만 하면 되는 템플릿들이 지원됩니다. 좀 더 많은 템플릿 등을 보고자 한다면 '템플릿 갤러리'를 클릭합니다.

두 번째는 [최근 설문지]입니다. 이 패널은 사용자가 작성한 설문지들을 보여주며 이미 작성된 설문지의 실시간 결과를 확인하거나 문항을 수정할 수 있습니다.

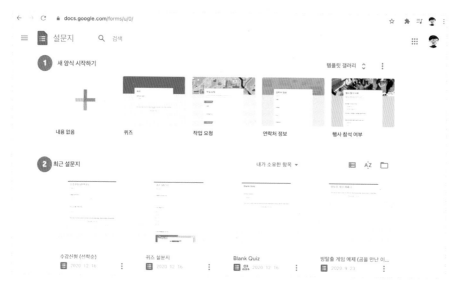

그림 A-3 구글 설문지 메인 화면

구글 설문지 문항 유형 살펴보기

구글 설문지에는 다양한 문항을 구성할 수 있습니다. 함께 실습을 통해 알아보겠습니다.
구글 설문지 메인 화면에서 [새 양식 시작하기] – [내용 없음]을 클릭합니다.

그림 A-4 [새 양식 시작하기] – [내용 없음]

'제목 없는 설문지'라는 제목으로 사전에 구성된 문항이 전혀 없는 백지상태로 시작해보
겠습니다. 구글 설문지에서 제공하는 문항 유형을 실습을 통해 살펴보고자 합니다. 그림
에 표시된 '객관식 질문'이라는 목록을 클릭합니다.

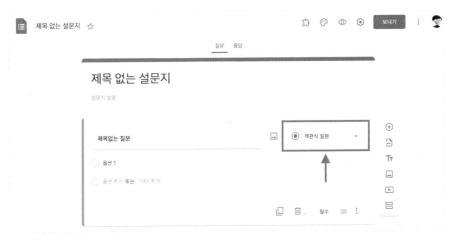

그림 A-5 제목 없는 설문지

구글 설문지는 총 11개의 문항 유형을 제공합니다. '단답형', '장문형', '객관식 질문', '체
크박스', '드롭다운', '파일 업로드', '직선 단계', '객관식 그리드', '체크박스 그리드', '날짜',
'시간' 등이 있습니다.

그림 A-6 구글 설문 문항 유형

❶ 단답형

문항의 유형을 '단답형'으로 선택해보겠습니다. '단답형'은 주관식 문항이나 이름 등과 같은 정보를 입력받을 때 사용합니다. '제목 없는 질문' 부분을 클릭한 후 '이름을 입력하여 주세요'라는 문항으로 수정했습니다.

그림 A-7 단답형 문항의 예시

설문지나 퀴즈를 만들 때 이름은 매우 중요한 정보입니다. 이 부분이 누락되지 않게 해야 하는데, 구글 설문지에서는 문항별로 오른쪽 하단에 '필수'라는 체크 옵션이 있습니다. '필수'를 체크하면 해당 문항을 누락할 경우 오류 메시지가 나타나며 다음 단계로 진행되지 않습니다.

그림 A-8 필수 체크 옵션

해당 문항이 실제로 어떻게 보일지 미리 보고자 한다면 '미리보기'(화면 상단 눈 모양의 아이콘)를 클릭합니다. 아이콘을 클릭하면 새로운 창이 나타나면서 설문지를 미리 구성해 보여줍니다.

그림 A-9 미리보기 기능

'미리보기'를 클릭할 경우 새로운 창이 나타납니다. 이름을 묻는 단답형 문항에 '필수' 체크를 했기 때문에 문항 마지막에 붉은색 별표(*, 필수항목)가 표시됩니다. 확인을 완료했다면 새로 열린 창을 닫습니다.

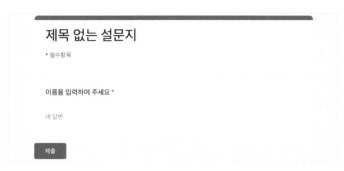

그림 A-10 설문 문항 미리보기 (단답형)

❷ 장문형

다시 설문지를 작성하는 화면으로 넘어왔습니다. 이번에는 새로운 문항을 추가해보겠습니다. 문항의 오른쪽에 위치한 메뉴 기능 아이콘 중 [질문 추가]를 클릭합니다.

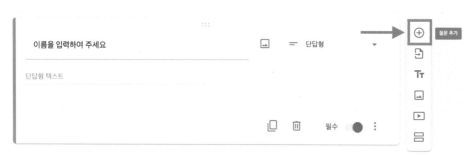

그림 A-11 질문 추가하기

새로운 질문의 유형은 '장문형'으로 하겠습니다. '장문형'은 하나 이상의 단락으로 구성된 긴 답변을 얻고자 할 때 사용할 수 있습니다. '단답형'과 비교해보면, '단답형'은 단락을 나누기 위한 엔터키 입력이 안 됩니다. 반면 '장문형'은 입력할 때 엔터키 입력이 되기 때문에 문단으로도 답변할 수 있습니다.

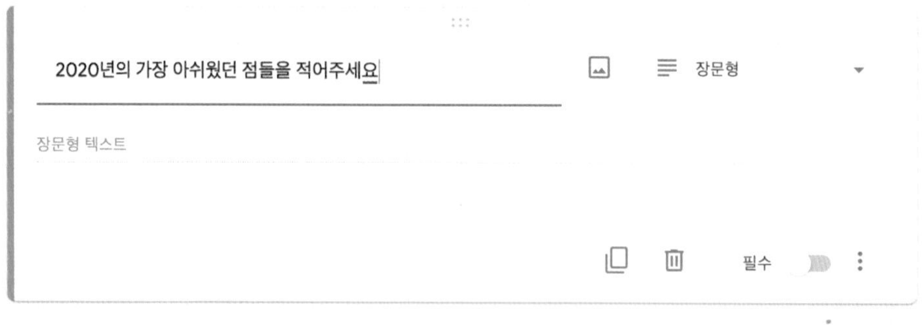

그림 A-12 장문형 문항의 예시

각 문항에 보조 설명을 달아둘 수 있습니다. '장문형'의 경우는 엔터키를 입력하면 단락이 나뉘기 때문에 따로 설명을 달아보겠습니다. 문항의 오른쪽 하단 더보기(⋮) 버튼을 클릭한 후 [설명]을 선택합니다.

그림 A-13 [설명] 기능

'설명' 기능을 사용하여 문항 아래쪽에 크기가 작은 텍스트를 추가 입력할 수 있습니다. 그림과 같이 문항의 이해를 돕는 '설명'을 입력하겠습니다. 실제 문항이 표시되는 화면을 '미리보기'를 통해 보면 문항 아래쪽에 작은 글씨로 '설명'이 들어가는 것을 확인할 수 있습니다.

그림 A-14 '설명' 입력과 실제 문항 표시 (장문형)

❸ 객관식 질문

문항의 오른쪽 '질문 추가' 버튼을 클릭하여 새로운 문항을 추가하겠습니다. 새로운 문항의 유형은 '객관식 질문'으로 선택합니다. '객관식 질문'은 응답하는 사람이 여러 옵션 중에서 하나의 옵션만 선택할 수 있습니다. 그림과 같이 예시 질문을 입력해보겠습니다.

그림 A-15 '객관식 질문' 예시 질문 입력하기

'옵션 1'을 클릭한 후 텍스트를 수정 입력합니다. 먼저 '남성'으로 수정 입력하겠습니다.

그림 A-16 '옵션 1' 수정하여 입력하기

'남성'을 추가했으니 그다음은 무엇을 추가해야 할까요? 그렇습니다. '여성'을 입력합니다. 마침 구글 설문지에서는 사용자가 어떤 문항을 추가할지 예상하고 '제안'합니다. '제안'에서 여성을 클릭합니다. 혹은 '옵션 추가'를 클릭한 후 '여성'을 입력해도 됩니다. 모두 같은 결과로 표시됩니다.

그림 A-17 구글 설문지는 사용자의 패턴을 예상하고 제안함

'미리보기' 기능을 통해 방금 제작한 '객관식 질문'이 어떻게 표시되는지 살펴보겠습니다. '성별을 선택하여 주세요'라는 질문과 함께 우리가 추가한 '남성', '여성' 문항이 잘 나타납니다. 둘 중 하나를 선택하는 문항이라면 '객관식 질문'을 이용하는 것을 추천합니다.

그림 A-18 '객관식 질문'의 예시

❹ 체크박스

'체크박스'는 앞서 살펴본 '객관식 질문'과 비슷하지만, 여러 문항을 선택할 수 있습니다. 복수 응답이 필요할 때 '체크박스'로 문항 유형을 선택하고 구성하는 것을 추천합니다. '질문 추가' 버튼을 클릭한 후 그림과 같이 '유형', '질문 수정 입력', '설명', '문항 구성'을 해보겠습니다. 앞에서 모두 설명했던 내용이라 어렵지 않게 구성할 수 있을 것입니다.

그림 A-19 체크박스 문항 구성 예시

과일의 종류가 많다 보니 문항에 다 담기는 무리입니다. 이럴 때는 '기타' 문항을 추가하여 다양한 답변을 응답받을 수 있습니다. 가장 아래쪽 문항에 ['기타' 추가] 버튼을 클릭하여 '기타' 문항을 추가하겠습니다.

그림 A-20 '기타' 문항 추가하기

'미리보기'를 통해 '체크박스' 문항을 살펴보면 그림과 같이 중복 선택이 가능합니다. 또한 기타 문항을 추가했기 때문에 좀 더 다양한 답변을 받을 수 있습니다.

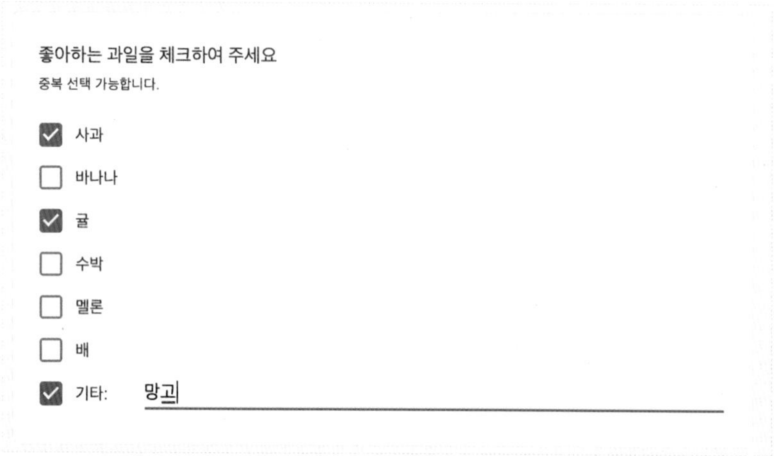

좋아하는 과일을 체크하여 주세요
중복 선택 가능합니다.
사과
바나나
귤
수박
멜론
배
기타: 망고|

그림 A-21 '체크박스' 문항의 예시

'체크박스'가 중복 응답이 가능하다 보니 모든 응답을 체크하는 사람도 있습니다. 그래서 규칙을 설정할 것을 추천합니다. '체크박스'에서 설정할 수 있는 규칙은 응답 개수 설정입니다. 최소한으로 선택하는 개수나 최대한으로 선택하는 개수를 설정할 수 있습니다.

설문지 문항 작성 화면으로 이동한 후 문항 아래쪽의 더보기(⋮) 버튼을 클릭합니다. [게재]-[응답 확인]을 클릭하여 규칙을 설정할 수 있습니다.

기타...
옵션 추가
필수
더보기
게재
설명
응답 확인
옵션 순서 무작위로 섞기

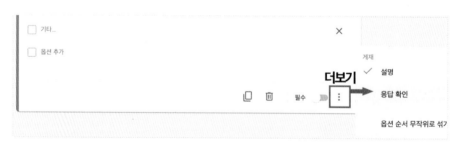

그림 A-22 응답 확인

먼저 어떤 유형의 규칙으로 할 것인지 선택합니다. '최소 선택 개수', '최대 선택 개수', '정확한 선택 개수'의 3가지가 있습니다. 그중에서 '최대 선택 개수'를 선택하겠습니다.

그림 A-23 체크박스 규칙의 유형

체크한 답변이 최대 3개가 되게 규칙을 만들어보겠습니다. 간단하게 '숫자' 입력 폼에 '3'
이라고 입력합니다. 그러면 최대 선택 개수가 3이 되는 규칙이 만들어집니다. '맞춤 오류
텍스트'는 이러한 규칙을 위반했을 때 표시되는 메시지를 입력할 수 있습니다. 그림과 같
이 '최대 3개까지 선택하여 주세요'라고 입력했습니다.

그림 A-24 '최대 선택 개수 3' 규칙 예시

'미리보기'를 클릭하여 테스트해보겠습니다. '체크박스' 문항에서 3개까지 체크했을 때는
아무런 메시지가 나타나지 않았지만, 4개를 체크했을 때는 아래쪽에 '최대 3개까지 선택
하여 주세요'라는 '맞춤 오류 텍스트'가 나타납니다.

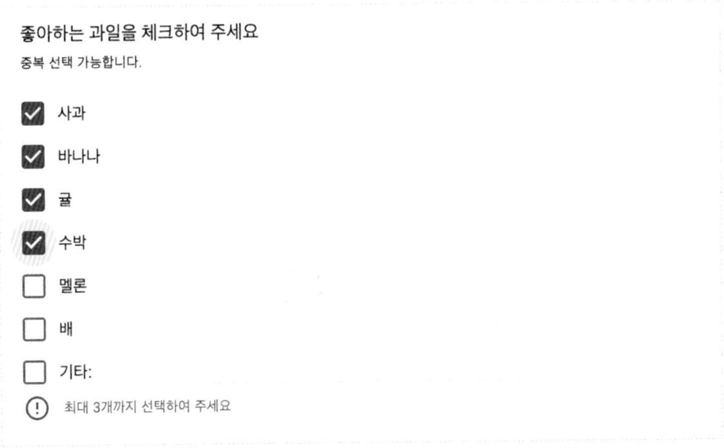

좋아하는 과일을 체크하여 주세요
중복 선택 가능합니다.

☑ 사과

☑ 바나나

☑ 귤

☑ 수박

☐ 멜론

☐ 배

☐ 기타:
ⓘ 최대 3개까지 선택하여 주세요

그림 A-25 체크박스 규칙 테스트

❺ 드롭다운

'드롭다운' 문항은 설문 문항을 목록에 숨겨놓습니다. 사용자가 목록을 클릭했을 때만 문항이 나타납니다. '객관식 질문'처럼 여러 문항 중 하나만 선택 가능합니다. 새로운 질문을 추가한 후 그림과 같이 '드롭다운' 문항을 구성해보겠습니다.

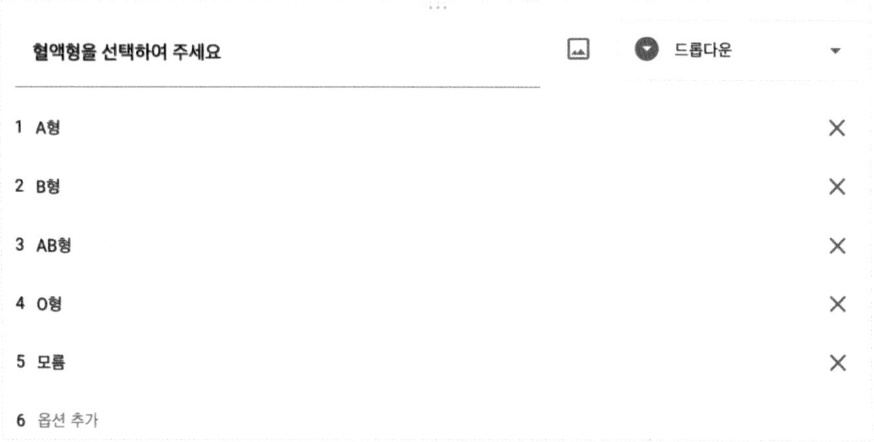

혈액형을 선택하여 주세요 　　　　　　　　　　　　　　　　　　　 드롭다운

1　A형 　　　　　　　　　　　　　　　　　　　　　　　　　　　　　✕

2　B형 　　　　　　　　　　　　　　　　　　　　　　　　　　　　　✕

3　AB형 　　　　　　　　　　　　　　　　　　　　　　　　　　　　✕

4　O형 　　　　　　　　　　　　　　　　　　　　　　　　　　　　　✕

5　모름 　　　　　　　　　　　　　　　　　　　　　　　　　　　　　✕

6　옵션 추가

그림 A-26 '드롭다운' 문항의 구성

혈액형을 선택하는 문항입니다. 혈액형의 종류는 4개가 있지만, 간혹 자신의 혈액형을 모르는 사람들이 있기 때문에 '모름'이라는 문항도 추가했습니다. '미리보기' 기능을 통해 '드롭다운' 문항이 어떻게 표시되는지 살펴보겠습니다. 그림과 같이 '드롭다운' 문항이 표시됩니다.

그림 A-27 '드롭다운' 문항의 예시

구글 설문지의 문항 유형 중 목록에서 선택하는 방법은 앞서 살펴본 '객관식 질문', '체크박스', '드롭다운'의 3가지가 있습니다. 각 문항 유형의 특징이자 차이점은 '선택 개수'입니다. '객관식 질문'과 '드롭다운'은 하나의 옵션(응답)만 선택할 수 있지만, '체크박스'는 하나 이상의 옵션(응답)을 선택할 수 있습니다. 또한 '드롭다운'은 제시된 문항에서만 선택할 수 있지만, '객관식 질문'과 '체크박스'는 '기타' 문항을 추가하여 제시되지 않은 다양한 답변을 입력할 수 있습니다. 이를 정리해보면 다음과 같습니다.

	객관식 질문	체크박스	드롭다운
공통점		사용자가 여러 옵션 중에서 선택할 수 있는 목록형	
선택 범위	하나만 선택	중복 선택 가능	하나만 선택
'기타' 응답	가능	가능	불가능
규칙 설정	불가능	가능	불가능

그림 A-28 구글 설문지 목록형 문항의 공통점과 차이점

❻ 파일 업로드

구글 설문지는 단순한 숫자나 텍스트 등의 정보를 효율적으로 입력받을 수 있지만, 파일 업로드 기능을 통해 다양한 이미지나 멀티미디어 자료 등을 제출받을 수 있습니다. 특히 구글 설문지를 수업 평가에 활용한다면 '파일 업로드' 기능을 통해 학생이 수행한 결과를 이미지나 영상으로 제출받을 수 있습니다. 이렇게 제출된 파일은 설문지를 소유한 사람의 구글 드라이브에 자동으로 저장됩니다.

그림 A-29 파일 업로드 유형

'파일 업로드' 유형에는 [특정 파일 형식만 허용] 옵션이 있습니다. 이 옵션을 체크하면 그림과 같이 특정 유형의 파일만 업로드할 수 있습니다.

그림 A-30 특정 파일 형식만 허용

수학 문제 풀이 과정을 사진으로 제출하는 문항을 만들어 보겠습니다. 그림과 같이 '질문'에 '수학 5번 문제 풀이 과정을 사진으로 제출하세요'라는 내용을 입력했습니다. '특정 파일 형식만 허용'을 체크하고 '이미지'를 체크합니다. '최대 파일 수'는 1개로 지정했고 '최대 파일 크기'는 '10MB'입니다. 간단한 설정으로 파일을 업로드할 수 있는 문항을 만들었습니다.

그림 A-31 파일 업로드 기능을 활용한 문항 예시

'미리보기'를 클릭하여 문항이 어떻게 표시되는지 살펴보겠습니다. '파일 업로드' 버튼이 정상적으로 나타납니다. 학생들은 자신이 가지고 있는 모바일 폰을 이용해 사진을 촬영한 후 간단하게 구글 설문지 파일 업로드 기능을 통해 선생님에게 제출할 수 있습니다.

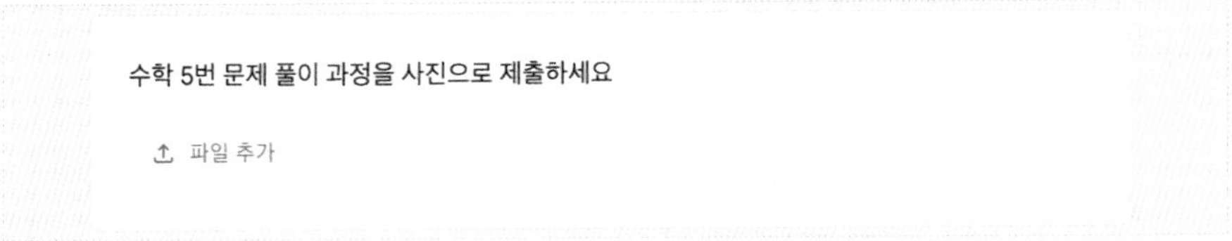

그림 A-32 파일 업로드 문항

이러한 파일 업로드 기능을 이용하기 위해서는 응답하는 사람도 구글 계정에 로그인된 상태에서 설문지에 응답해야 합니다. 사용자의 구글 드라이브 용량을 차지하기 때문에 구글 드라이브 용량이 부족할 경우 파일이 업로드되지 않을 수 있습니다. 업로드할 수 있는 파일의 개수는 최대 10개, 최대 파일 크기는 10GB이니 자신의 용량 상태에 맞춰 설정하여 사용해야 합니다.

❼ 직선 단계

'직선 단계'는 어떤 척도를 통해 답변을 받을 수 있습니다. 일반적인 설문조사에서 많이 사용하는 유형입니다. 척도의 시작 값은 '0' 또는 '1'입니다. 마지막의 끝나는 값은 '2'에서 '10' 사이의 정수입니다. 척도의 양 끝에는 라벨('매우 불만족', '매우 만족')을 설정할 수 있습니다. 예시 문항으로 그림과 같이 구성해볼 수 있습니다.

그림 A-33 직선 단계 문항의 예시

❽ 객관식 그리드

'객관식 그리드'는 행마다 문항을 구성하여 답변을 받을 수 있는 유형입니다. 그림을 보면 어떤 유형인지 단번에 이해할 수 있을 것입니다.

이번 강의에 대한 전반적인 만족도를 평가하여 주세요	부족함	평균 이하	보통	평균 이상	탁월함
강의 시간을 잘 지킴	○	○	○	○	○
강사는 강의 내용을 쉽게 가르침	○	○	○	○	○
강사는 학생들이 수업에 적극 참여하도록 유도함	○	○	○	○	○
수업 시간 이외에 질문에도 적극적으로 응답함	○	○	○	○	○
시험은 강의 내용을 평가하는데 적절하게 진행됨	○	○	○	○	○

그림 A-34 객관식 그리드 평가의 예시

'객관식 그리드' 유형은 '행'과 '열'에 들어가는 내용이 어떻게 표시되는지를 이해하면 쉽게
만들 수 있습니다. '행'에는 질문이 들어가면 됩니다. 즉, 강의 만족도 설문지를 구성할 때
'행'에는 강의 내용과 관련한 질문을 추가해 생성합니다. '열'은 척도가 들어가면 됩니다.
예시와 같이 '부족함', '평균 이하', '보통', '평균 이상', '탁월함'으로 구성하거나 '수-우-
미-양-가', '매우 불만족-불만족-보통-만족-매우 만족' 등 표현을 다르게 하여 구성할
수 있습니다. 5단계 척도뿐만 아니라 '상-중-하'와 같은 3단계 척도로도 구성할 수 있습
니다.

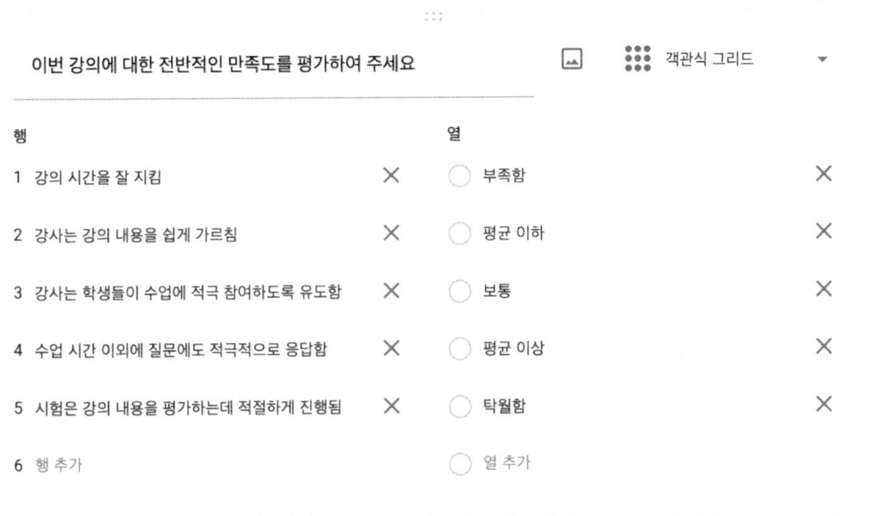

그림 A-35 객관식 그리드 문항의 구성 예시

'객관식 그리드' 문항의 수가 많아지면 누락된 응답이 생길 수 있습니다. 이럴 때 아래쪽
의 [각 행에 응답 필요]를 체크하여 누락되는 응답이 없게 합니다. 또한 중복 응답을 방지
하기 위해 [더보기(⋮)] – [1열당 응답을 1개로 제한]에 체크할 수 있습니다.

그림 A-36 객관식 그리드 문항 옵션

❾ 체크박스 그리드

'체크박스 그리드'는 앞서 살펴본 '객관식 그리드'와 기본 기능 및 구성 방식이 동일합니다. 체크박스에 체크하는 형태로 나타납니다.

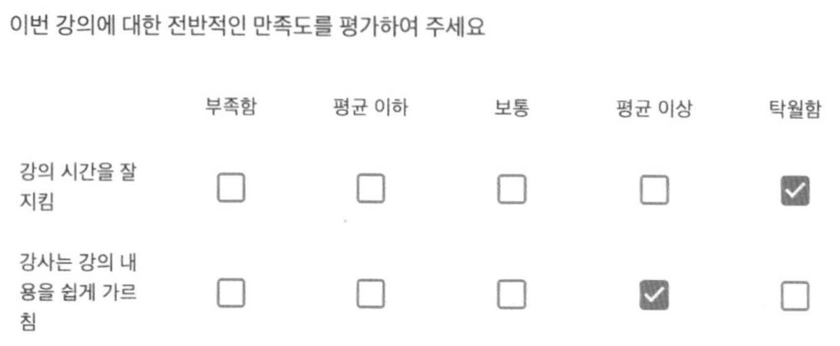

이번 강의에 대한 전반적인 만족도를 평가하여 주세요

	부족함	평균 이하	보통	평균 이상	탁월함
강의 시간을 잘 지킴	☐	☐	☐	☐	☑
강사는 강의 내용을 쉽게 가르침	☐	☐	☐	☑	☐

그림 A-37 '체크박스 그리드' 문항의 예시

❿ 날짜

'날짜'는 달력에서 '년-월-일'을 선택할 수 있습니다.

그림 A-38 날짜 문항 예시

'날짜' 문항에서 [더보기 (⋮)] 버튼을 클릭하면 옵션을 설정할 수 있습니다. 문항 응답 시 날짜에 '연도'를 포함할지, '시간'을 포함할지를 설정할 수 있습니다.

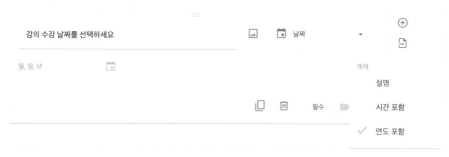

그림 A-39 날짜 문항의 옵션

⓫ 시간

'시간'에는 '시간'이나 '기간'을 입력할 수 있습니다.

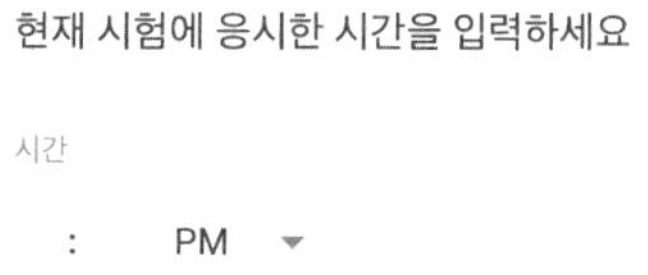

현재 시험에 응시한 시간을 입력하세요

시간

:   PM ▼

그림 A-40 시간 문항 예시

지금까지 구글 설문지에서 제공하는 11가지의 모든 유형을 살펴봤습니다. 본격적인 설문 문항 작성에 앞서 기초 과정을 모두 마쳤습니다. 기초 과정의 마지막 관문으로 지금까지 실습한 이 설문지를 이름을 지정해 저장하겠습니다. 설문지의 왼쪽 상단에서 '제목 없는 설문지'를 클릭한 후 '문항 유형 테스트'로 이름을 변경합니다. 그리고 비어 있는 영역에서 마우스를 클릭하면 자동으로 여러분의 구글 드라이브에 저장됩니다.

그림 A-41 화면 왼쪽 상단의 이름을 변경해 설문지 저장하기

구글 설문지에서 이미지와 동영상 추가하기

구글 설문지에서는 기본 양식을 만들 때 질문, 설명, 이미지, 동영상 등 최대 300개의 콘텐츠를 추가하고 수정할 수 있습니다. 게다가 이미지와 동영상을 추가하여 문항을 좀 더 다채롭게 구성할 수 있습니다. 컴퓨터에 저장된 이미지뿐만 아니라 구글 검색 이미지나 유튜브 동영상도 쉽게 추가할 수 있습니다.

우선 질문에 이미지를 추가하는 방법을 소개합니다. 문항의 유형과 상관없이 질문 오른쪽에 이미지를 추가하는 버튼이 있습니다. '이미지 추가' 버튼을 클릭합니다.

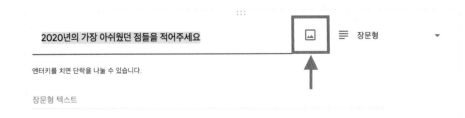

그림 A-42 이미지 추가 버튼

'이미지 추가' 버튼을 클릭하면 이미지를 업로드할 수 있는 대화상자가 나타납니다. 다양한 경로를 통하여 이미지를 문항에 삽입할 수 있습니다.

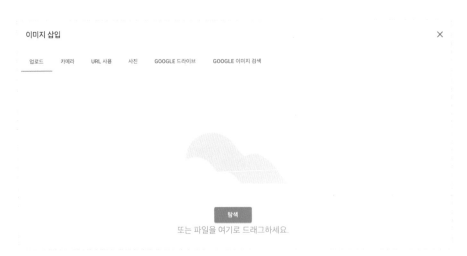

그림 A-43 이미지 삽입 대화상자

'업로드' 탭에서 [탐색] 버튼을 클릭하여 컴퓨터에 저장된 이미지를 업로드할 수 있습니다. 개인적으로 추천하는 방법 중 하나는 'GOOGLE 이미지 검색' 탭을 이용해 이미지를 검색한 후 바로 삽입하는 방법입니다. 이 방법의 장점은 별도로 이미지를 저장하지 않고 바로 사용할 수 있다는 점입니다. 'GOOGLE 이미지 검색' 탭을 클릭한 후 검색어에 '2020'을 입력했더니 다음 그림과 같이 검색 결과가 나타났습니다. 넣고자 하는 이미지를 선택한 후 아래쪽의 [삽입]을 클릭하면 이미지가 문항 속으로 삽입됩니다.

그림 A-44 GOOGLE 이미지 검색 탭에서 이미지 삽입하기

질문에 이미지를 삽입하여 시각적인 효과와 이해를 돕게 구성할 수 있습니다. 예를 들면 텍스트로 표현하기 어려운 수식을 이미지로 제시할 수 있습니다. 학생들이 제출해야 할 형식을 이미지로 보여 줄 수 있습니다.

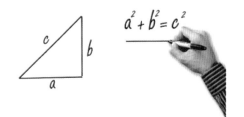

그림 A-45 문항에 이미지를 추가하는 예시

문항마다 이미지를 추가하는 방법도 있습니다. 그림과 같이 문항의 오른쪽 끝에 있는 [이미지 추가] 버튼을 클릭하여 이미지를 추가할 수 있습니다.

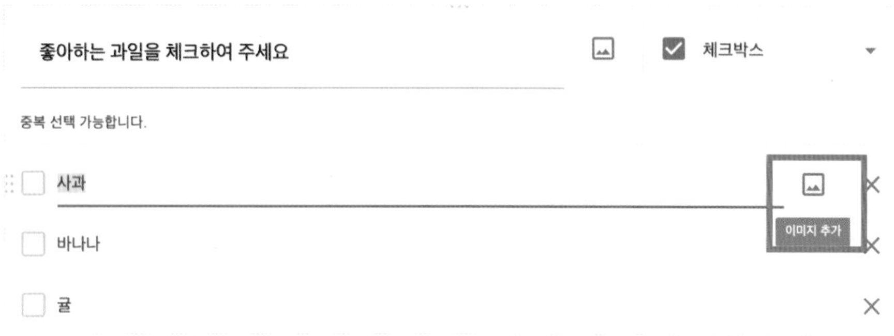

그림 A-46 문항에 이미지 추가하기

이미지를 추가한 후 '미리보기'를 통해 설문지를 살펴보면 그림과 같이 문항별로 이미지가 함께 제시됩니다.

그림 A-47 이미지로 구성된 문항

문항과 문항 사이에 이미지를 추가할 수 있습니다. 문항을 선택한 후 오른쪽에 나타나는
메뉴 중 [이미지 추가] 버튼을 클릭하여 이미지를 추가합니다.

그림 A-48 문항과 문항 사이에 이미지 추가

대화상자에서 이미지를 선택한 후 삽입합니다. 이미지를 클릭하면 가장자리에 핸들이 나
타납니다. 이 핸들을 드래그하여 이미지의 크기를 줄일 수 있습니다. 또한 이미지를 클릭
했을 때 이미지 왼쪽 상단의 더보기(⋮) 버튼을 클릭하여 '맞춤', '이미지 변경', '이미지 삭
제'를 할 수 있습니다.

그림 A-49 이미지 옵션

문항과 문항 사이에 넣은 이미지는 독립적인 형태로 나타납니다. 문항의 이해를 돕는 용
도로 이미지를 활용할 수 있습니다.

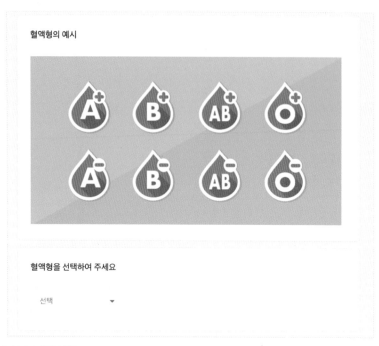

그림 A-50 이미지 활용 예시

동영상을 추가하는 방법을 살펴보겠습니다. 문항을 클릭한 후 문항의 오른쪽 메뉴에서 [동영상 추가] 버튼을 클릭합니다.

그림 A-51 동영상 추가 버튼

구글 설문지는 동영상 파일을 직접 업로드하지 않고 유튜브 영상을 이용합니다. 따라서 본인의 유튜브 영상을 사용하고자 할 때는 직접 유튜브에 영상을 업로드하고 구글 설문지에서 [동영상 추가] 버튼으로 영상을 가져와서 사용합니다. 기존에 다른 유튜버가 올린 유튜브 영상을 검색하거나 링크를 입력하여 구글 설문지에 추가하여 사용할 수 있습니다.

그림 A-52 동영상 추가하기

'미리보기'를 통해 동영상을 추가한 설문지를 확인합니다. 설문지 내부에서 유튜브 영상이 재생되는 것을 확인할 수 있습니다.

그림 A-53 유튜브 영상 추가 예시

퀴즈 기능을 활용해 실시간 평가지 만들어보기

구글 설문지를 이용하면 [설정]에서 간단한 체크만으로 설문지를 단숨에 실시간 평가지로 만들 수 있습니다. 화면 위쪽의 여러 기능 버튼 중 톱니바퀴 모양의 [설정]을 클릭합니다.

그림 A-54 화면 상단의 [설정] 버튼

'설정' 대화상자가 나타나면 상단의 [퀴즈] 탭을 클릭합니다. '퀴즈로 만들기' 옵션을 체크하면 설문지 문항마다 '답안'을 입력할 수 있습니다. 퀴즈 옵션에서 퀴즈를 다 풀고 난 후 바로 채점 결과를 확인할 수 있는 옵션(제출 후 바로 공개)이 있으며, 오답과 정답, 점수 확인 여부를 옵션으로 체크할 수 있습니다.

그림 A-55 퀴즈 옵션

앞에서 살펴본 방법은 '일반 설문지'에서 '퀴즈'로 전환하는 방법입니다. 아예 처음부터 설
문지 메인 화면의 '템플릿 갤러리'에서 '퀴즈' 템플릿을 선택하여 퀴즈를 만드는 방법이 있
습니다. 되도록 처음부터 '퀴즈' 템플릿을 선택해서 만드는 방법을 추천합니다.

그림 A–56 퀴즈 템플릿 선택하기

간단한 문제를 만들어 보겠습니다. 그림과 같이 '객관식 질문' 유형으로 간단한 계산 문
제를 만들겠습니다. '퀴즈'로 만들 때 일반 설문지와 다른 점은 왼쪽 하단에 [답안] 항목이
나타난다는 점입니다. [답안]을 클릭해보겠습니다.

그림 A–57 퀴즈 문제 생성 후 [답안] 클릭하기

먼저 정답을 선택하겠습니다. 정답은 '7'입니다. 해당 항목을 선택합니다. 정답을 선택했
으니 이번에는 오른쪽 상단에 배점을 입력하겠습니다. 배점에 '5'를 입력합니다. 이렇게 5
점짜리 문제가 만들어졌습니다. '정답 선택'과 '배점 입력'을 했다면 아래쪽의 [완료]를 클
릭합니다.

그림 A-58 정답 선택과 배점 입력

혹여 정답을 잘못 선택했거나 배점을 수정하고자 할 때는 해당 문항을 클릭한 후 [답안]을 다시 클릭하면 '정답 선택' 및 '배점 입력' 화면으로 넘어갑니다. [답변 관련 의견 추가]를 통해 '잘못된 답변'을 했을 때와 '정답'을 선택했을 때 나타나는 메시지를 다르게 입력할 수 있습니다. 또한 URL 링크나 유튜브 영상을 통해 정답의 근거나 보충 자료를 제시할 수 있습니다.

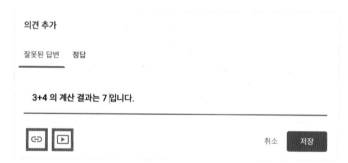

그림 A-59 답변 관련 의견 추가

'미리보기' 기능을 통해 퀴즈의 정답이 정상적으로 나오는지 확인할 수 있습니다. 화면 상단 '미리보기'를 클릭합니다. 그러면 그림과 같이 퀴즈 화면이 나타납니다. 우선 정답을 선택한 후 아래쪽의 [제출] 버튼을 클릭해보겠습니다.

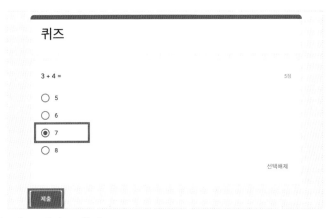

그림 A-60 '미리보기'를 통해 퀴즈 문항 테스트

'응답이 기록되었습니다.'라는 메시지가 나타납니다. 여기에서 [점수 보기] 버튼을 클릭합니다.

그림 A-61 [점수 보기] 버튼 클릭하기

새로운 창이 열리면서 문제 정답 및 관련 의견이 표시됩니다. 또한 배점을 자동으로 계산하여 문제당 맞은 점수, 맞춘 점수를 합산 총점을 표시합니다.

그림 A-62 '점수 보기' 화면

'설정'에서 퀴즈를 제출하고 난 뒤 정답과 해설, 점수를 볼 수 있게 했기 때문에 해당 내용은 퀴즈에 대한 답을 제출한 후 확인할 수 있습니다. 먼저 푼 사람이 정답을 미리 알고 다른 사람에게 알려주는 것을 방지하기 위해 '설정'에서 해당 부분을 체크 해제하여 비공개로 바꿀 수 있습니다.

그림 A-63 퀴즈 설정 변경하기

실시간 응답 확인은 물론 그래프로 바로 요약 정리해주는 구글 설문지

이처럼 퀴즈뿐만 아니라 일반 설문지도 응답이 입력되면 상단에 [응답] 탭이 새로 생성됩니다. 이 [응답] 탭은 실시간으로 퀴즈와 일반 설문지에 들어오는 응답을 바로 요약 정리하여 그래프로 보여줍니다. 전체적인 요약뿐만 아니라 질문별로 응답을 확인해볼 수 있습니다. 구글 설문지를 퀴즈로 만든 후 평가에 반영하면 학생들이 어떤 문항에서 어려움을 겪는지 문항별로 바로 파악할 수 있습니다. 그리고 오답률이 유독 높은 문항에 대해 개별적 혹은 전체적인 피드백을 주는 식으로 구글 설문지를 활용할 수 있습니다.

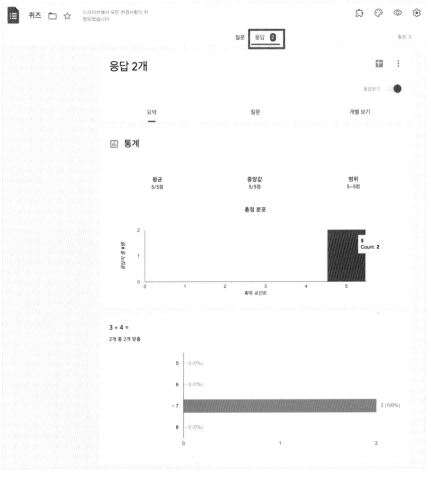

그림 A-64 답변이 들어올 경우 활성화되는 [응답] 탭

또한 구글 설문지나 퀴즈의 결과를 바로 스프레드시트로 생성할 수 있습니다. [스프레드시트] 아이콘을 클릭하면 새로운 스프레드시트를 생성합니다.

그림 A-65 새로운 스프레드시트 만들기

'응답 수집 장소 선택' 대화상자가 나타납니다. 설문 응답 혹은 퀴즈 입력값들을 새로운 스프레드시트를 생성해서 저장할지('새 스프레드시트 만들기') 혹은 기존에 이미 생성된 스프레드시트에 추가 입력('기존 스프레드시트 선택')할지를 묻는 것입니다. '새 스프레드시트 만들기'가 기본으로 선택돼 있으므로 그대로 두고 [만들기]를 클릭합니다.

그림 A-66 응답 수집 장소 선택

새로운 창이 열리면서 새로운 스프레드시트가 나타납니다. 기본적으로 A행은 답변이 기록된 시간을 표시하는 '타임스탬프'입니다. 데이터가 언제 생성됐는지 확인할 수 있기 때문에 선착순으로 응답 결과를 나눌 때 유용하게 사용됩니다. 문항이 입력된 순서에 따라 B행, C행, D행 순으로 차곡차곡 응답 결과가 쌓입니다.

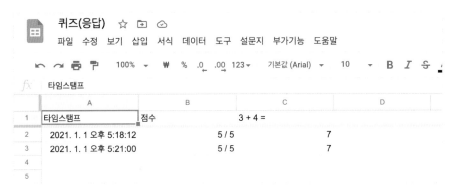

그림 A-67 스프레드시트에 저장된 설문 응답 결과

섹션과 답변 결과에 따른 이동으로 반응형 설문지 만들기

구글 설문지에서 섹션 기능까지 활용할 수 있다면 반응형 설문지를 만들 수 있습니다. 설문에 참여하는 사람이 응답한 결과에 따라 각각 다른 문항을 제공할 수 있습니다. 실습을 통해 반응형 설문지를 만들어보겠습니다.

우선 구글 설문지 메인 화면에서 '내용 없음'을 선택하여 빈 설문지를 생성합니다.

그림 A-68 빈 설문지 만들기

문항의 오른쪽 메뉴에서 [섹션 추가] 버튼을 클릭하여 섹션을 추가하겠습니다.

그림 A-69 섹션 추가하기

'섹션'이 추가됐습니다. 화면에는 '2 중 1 섹션', '2 중 2 섹션'으로 표시됩니다. 현재 2개의 섹션이 생성된 상태이고 각각 '1섹션', '2섹션'을 가리키고 있습니다. '제목 없는 설문지' 부분을 클릭한 후 이 설문지의 이름을 입력하겠습니다. 설문지의 이름은 '수강 신청 페이지'로 하겠습니다. '제목 없는 질문'을 클릭한 후 '개인 정보 제공에 동의하십니까?'로 수정한 후 '예', '아니오' 문항을 추가하겠습니다. 그림과 같은 형태로 수정합니다.

※ 실습을 위한 예시입니다. 실제로 개인정보 수집 및 제공 동의를 구할 때는 해당 가이드라인을 참조하여 작성합니다.

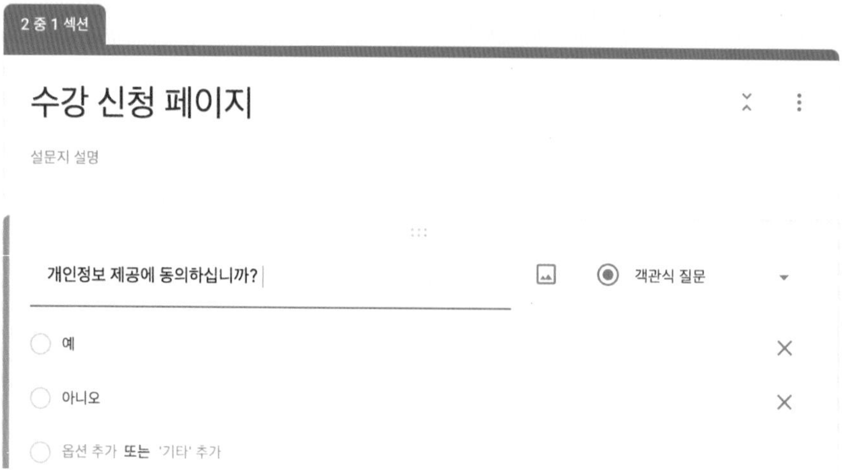

그림 A-70 개인 정보 제공 동의 섹션 만들기

이번에는 답변 결과에 따라 다른 화면이 나올 수 있게 구성해보겠습니다. 개인 정보 제공에 동의할 경우 추가 정보를 입력하거나 강좌를 선택하는 화면으로 넘어가고, 개인 정보 제공에 동의하지 않으면 바로 설문지를 종료하는 방식입니다. 문항 오른쪽 하단의 [더보기] 버튼을 클릭한 후 '답변을 기준으로 섹션 이동'을 클릭합니다.

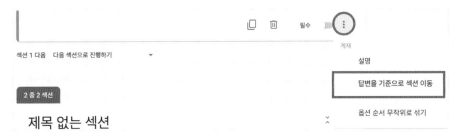

그림 A-71 [더보기] 클릭 후 답변을 기준으로 섹션 이동

기본값으로 '다음 섹션으로 이동'이 문항별로 설정되어 있습니다. 이 부분을 수정하겠습니다. '아니오' 문항에서 '다음 섹션으로 이동' 부분을 클릭한 후 목록에서 '설문지 제출'을 선택합니다. '설문지 제출'로 설정됐기 때문에 설문 응답자가 '아니오'를 선택한 후 '다음'을 클릭하면 설문이 종료됩니다. 반대로 설문 응답자가 '예'를 선택한 후 '다음'을 클릭하면 수강 신청 정보를 입력하는 섹션으로 넘어가는 식입니다.

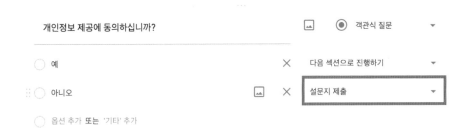

그림 A-72 답변을 기준으로 섹션 이동하는 예시

'2 중 2 섹션'을 그림과 같이 수정합니다. 우선 섹션의 제목을 '수강 강좌 선택하기'로 변경합니다. [질문 추가] 버튼을 클릭하여 '단답형' 유형으로 '이름을 입력하세요' 문항을 생성합니다. 다시 [질문 추가] 버튼을 클릭한 후 '드롭다운' 유형으로 '듣고자 하는 강좌를 선택하세요' 문항을 만듭니다. 옵션을 추가하여 강좌 목록을 완성합니다.

그림 A-73 수강 강좌 선택하기 섹션 만들기

부가 기능으로 선착순 수강 신청 페이지 만들기

구글 설문지는 부가 기능을 이용해 좀 더 다채로운 기능을 구현할 수 있습니다. 그중 하나가 선착순으로 수강 신청을 받는 기능입니다. 물론 결과를 스프레드시트로 생성한 후 '타임스탬프'를 이용해 시간 순으로 분별할 수 있습니다. 하지만 부가 기능을 이용하면 여기에서 한 발 더 나아가 정해진 인원 수를 설정하고 그 인원 수가 채워지면 자동으로 그 항목이 사라지게 할 수 있습니다. 실습을 통해 부가 기능을 설치하고 적용해보겠습니다.

부가 기능을 먼저 설치해야 합니다. 부가 기능을 설치하려면 화면 오른쪽 상단의 [더보기] 버튼을 클릭한 후 [부가 기능]을 선택합니다.

그림 A-74 부가 기능 설치하기

설문지와 호환되는 부가 기능이 나타납니다. 그중 우리는 'Choice Eliminator 2'를 설치하겠습니다. 'Choice Eliminator 2'를 클릭합니다.

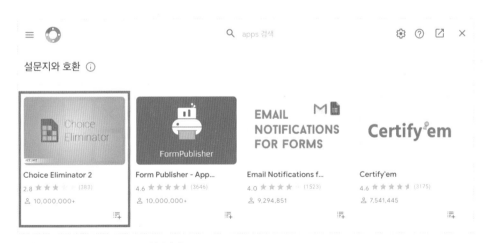

그림 A-75 Choice Eliminator 2 설치하기

'Choice Eliminator 2'의 [설치] 버튼을 클릭합니다.

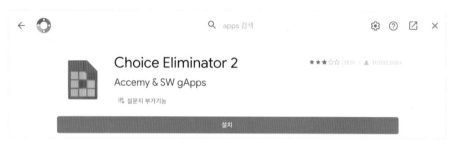

그림 A-76 'Choice Eliminator 2' 설치 버튼

설치하려면 권한을 부여해야 합니다. [계속]을 클릭하면 구글 계정 로그인 창이 나타납니다. 설치하려는 계정을 선택한 후 설치 작업을 진행합니다.

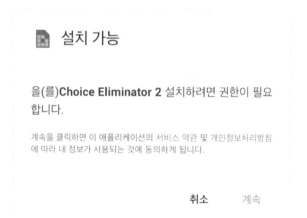

그림 A-77 설치를 위한 권한 요구

선택한 부가 기능 설치가 완료됐습니다. 설문지 화면 상단 메뉴에 퍼즐 모양의 아이콘이 표시됩니다. 이는 설치된 부가 기능이 있을 때만 표시되는 메뉴입니다. 아이콘을 클릭한 뒤 설치한 'Choice Eliminator 2'를 클릭합니다.

그림 A-78 부가 기능 설치하기

대화상자가 나타납니다. 목록 중에서 'Configure'가 나
타나야 합니다. 이 'Configure'가 나타나지 않는다면
설문지 창을 닫은 후 다시 접속하여 부가 기능을 실행
시킵니다. 'Configure'를 클릭하고 환경 설정으로 들어
갑니다.

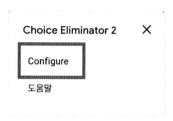

그림 A-79 Configure 기능

선착순을 적용할 문항을 선택합니다. 여기서 주의할 점은 선착순 적용 문항 유형을 되도
록 '드롭다운' 방식으로 구성해야 한다는 점입니다. 문항 선택 후 체크 표시에 체크합니
다. 'Creating'이 표시되고 작업이 끝나면 다음 그림과 같이 'Eliminate Choices'라는 문
구가 표시됩니다. 오른쪽 톱니바퀴 버튼을 클릭해 세부 설정으로 들어갑니다.

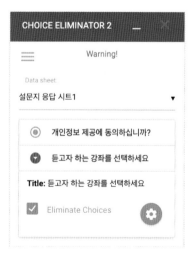

그림 A-80 드롭다운 문항 선택 후 체크

'Choice Options' 창이 나타납니다. 여기서 항목별로 제한 인원수를 입력합니다. 예시 문항은 '3'으로 입력했습니다. 3명이 신청하면 해당 강좌가 닫히고 아예 목록에서 사라집니다. 모든 강좌의 선택이 완료되면 'Backup Text'만 나타납니다. 입력 후 창을 닫으면 자동으로 저장되어 적용됩니다.

그림 A-81 선택 옵션

'미리보기'를 누른 후 테스트했습니다. '구글 클래스룸'으로 3명이 각각 수강 신청한 상황을 가정하고 테스트했습니다. 4번째 사용자가 접속했을 때 앞서 3명이 선택한 '구글 클래스룸'은 그 항목이 사라졌음을 확인할 수 있습니다. 이렇게 해서 부가 기능으로 선착순 수강 신청을 구현했습니다.

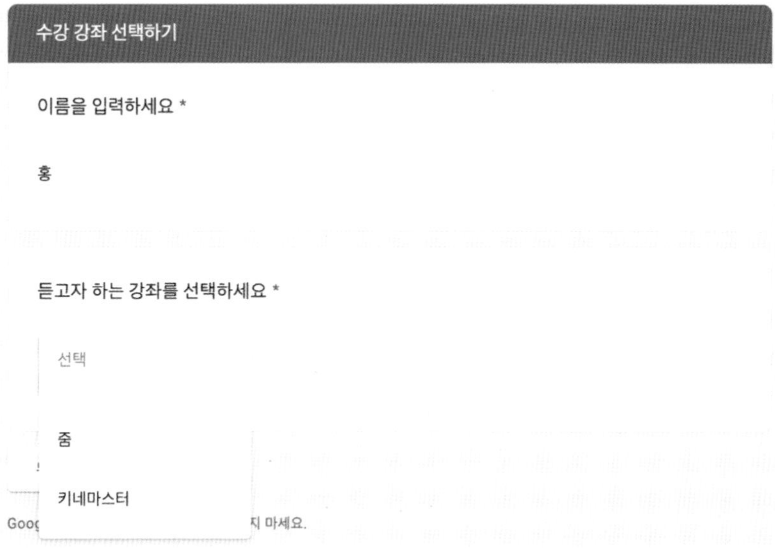

그림 A-82 테스트 결과

'Choice Eliminator 2' 부가 기능을 사용할 때 주의할 점은 한 번 설정한 것은 되도록 수정하지 않는 편이 좋다는 것입니다. 수정하면 'Restore'되기 때문에 설정해놓은 인원을 초과해 응답을 계속해서 받을 수 있습니다. 또한 문항의 유형을 '드롭박스'로 설정해야 합니다. '체크박스'로 구성할 경우 오류가 날 수 있으니 주의하기 바랍니다.

구글 설문지 마무리 작업

지금까지 구글 설문지의 여러 기능을 살펴봤습니다. 최종적으로 설문지를 내보내기 전에 다음과 같은 사항을 알아두면 더 좋습니다.

❶ 테마 맞춤설정

설문지의 테마 색상이나 머리글에 이미지를 추가하여 설문지에 시각적인 느낌을 더할 수 있습니다. 글꼴 스타일도 제한적이지만 격식을 차리거나 경쾌하게 연출할 수 있습니다. 해당 버튼을 클릭하여 스타일을 변경해보세요.

그림 A-83 스타일을 설정하는 '테마 맞춤설정'

❷ 중복 참여를 예방하는 '응답 횟수 1회로 제한'

화면 상단 톱니바퀴 아이콘의 [설정]을 누르고 [로그인 필요:] - [응답 횟수 1회로 제한]을 체크한 후 [저장]을 누릅니다. 이렇게 하면 설문지를 받는 사람은 구글 계정으로 로그인 해야 응답을 남길 수 있습니다.

그림 A-84 응답 횟수 1회로 제한

해당 옵션이 체크된 설문지에 비로그인 상태로 접근하면 다음 그림과 같은 메시지가 나타납니다. 참고로 구글 계정으로 로그인해도 신원은 익명으로 유지됩니다. 따라서 이 옵션은(응답 횟수 1회로 제한) 중복 참여를 방지하기 위한 옵션으로 활용할 수 있습니다.

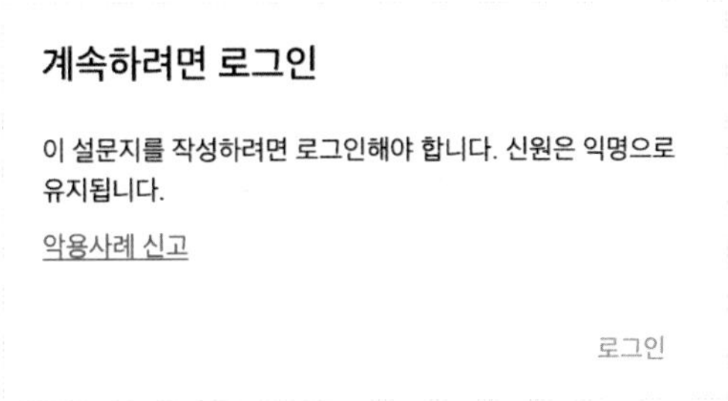

계속하려면 로그인

이 설문지를 작성하려면 로그인해야 합니다. 신원은 익명으로
유지됩니다.

악용사례 신고

로그인

그림 A-85 로그인 요구 화면

❸ 응답자가 수행할 수 있는 작업

[설정]에서 응답자가 결과를 제출한 후에 할 수 있는 작업을 설정할 수 있습니다. '제출
후 수정'을 체크하면 자신이 응답한 결과를 다시 수정할 수 있습니다. '요약 차트와 텍스
트 응답 확인'을 클릭하면 다른 사람이 입력한 결과를 전체적으로 확인할 수 있습니다.

응답자가 수행할 수 있는 작업:

☑ 제출 후 수정

☑ 요약 차트와 텍스트 응답 확인

그림 A-86 응답자가 수행할 수 있는 작업

❹ [보내기] - [URL 단축] - 복사하기

화면 오른쪽 상단의 [보내기] 버튼을 클릭하면 설문지를 이메일로 보내거나 URL 링크를
복사할 수 있습니다. 'URL 단축'을 체크하면 구글 설문지 링크 주소를 더 짧게 줄여줍니
다. 해당 링크 주소를 복사하여 설문 조사 참여를 안내할 수 있습니다.

그림 A-87 구글 설문 링크 단축 후 복사하기

❺ 응답받기 기능 활용하기

구글 설문은 응답 기간을 설정하는 기능이 기본으로 내장돼 있지 않습니다. 따라서 특정 기간만 설문 조사나 신청을 받고자 할 때는 수동으로 설정해야 합니다. [응답] 탭에서 [응답받기]를 끄면 설문지의 응답을 받지 않습니다. 이 점을 이용하여 설문을 받기 전에는 '응답받기' 기능을 끈 상태로 두고 신청 기간에는 켜둡니다. 그리고 신청 기간이 지나면 다시 '응답받기'를 꺼서 더 이상의 답변이 들어오지 않게 합니다.

그림 A-88 '응답받기' 기능